秦
秦
秦

秦
秦

秦朝有個歪鼻子將軍

文◇王文華
圖○林廉恩
審訂／臺灣大學歷史系名譽教授　高明士

楔子——

你可能不知道的可能小學

在可能小學裡，沒有不可能的事。

例如，可能小學位於捷運動物園站的下一站。

動物園已經是最後一站了，還有下一站嗎？

當然有。

因為「可能小學站」才是貨真價實的終點站，一般遊客不知道，他們只急著在動物園站下車，趕著去看長頸鹿和大象，卻沒注意到車廂裡還有一群小朋友，神情興奮，想趕快去上學呢。

因為，可能小學裡的每一節課都精采得不得了。

其他的小學生在課本上讀火箭的原理，可能小學直接在操場上發射火箭。

其他的小學生在作業簿裡算數學，可能小學的大門就是個盡責與富有想像力的數學老師，只有解開大門出的題目，校門才會打開。

甚至小朋友想觀察北極熊——嗯，聽起來是不可能的事。

但是，可能小學卻有辦法在某個星期三下午，讓校園下起雪來。

漫天的白雪，下了三個小時。操場上，出現一隻北極熊追著一隻企鵝跑。

北極的熊，南極的企鵝，在可能小學，才可能同時看到。

聽說開學前，可能小學一名社會科的老師離奇失蹤了。

徵才公告只貼三小時，就吸引六千多名教師來應徵。

聽說考試進行了一個多月，最後的結果出來，跌破了所有人的眼鏡。

不是環遊世界三圈的年輕男老師；不是把各朝各代倒背如流的金髮女教師；不是那些看起來飽讀詩書的老師。

榜單上只有一個名字：玄章。

「為什麼是他？」

落榜的老師議論紛紛，然而，可能小學至今沒有提出任何解釋。

這就是可能小學的作風——在可能小學裡，沒有不可能的事……

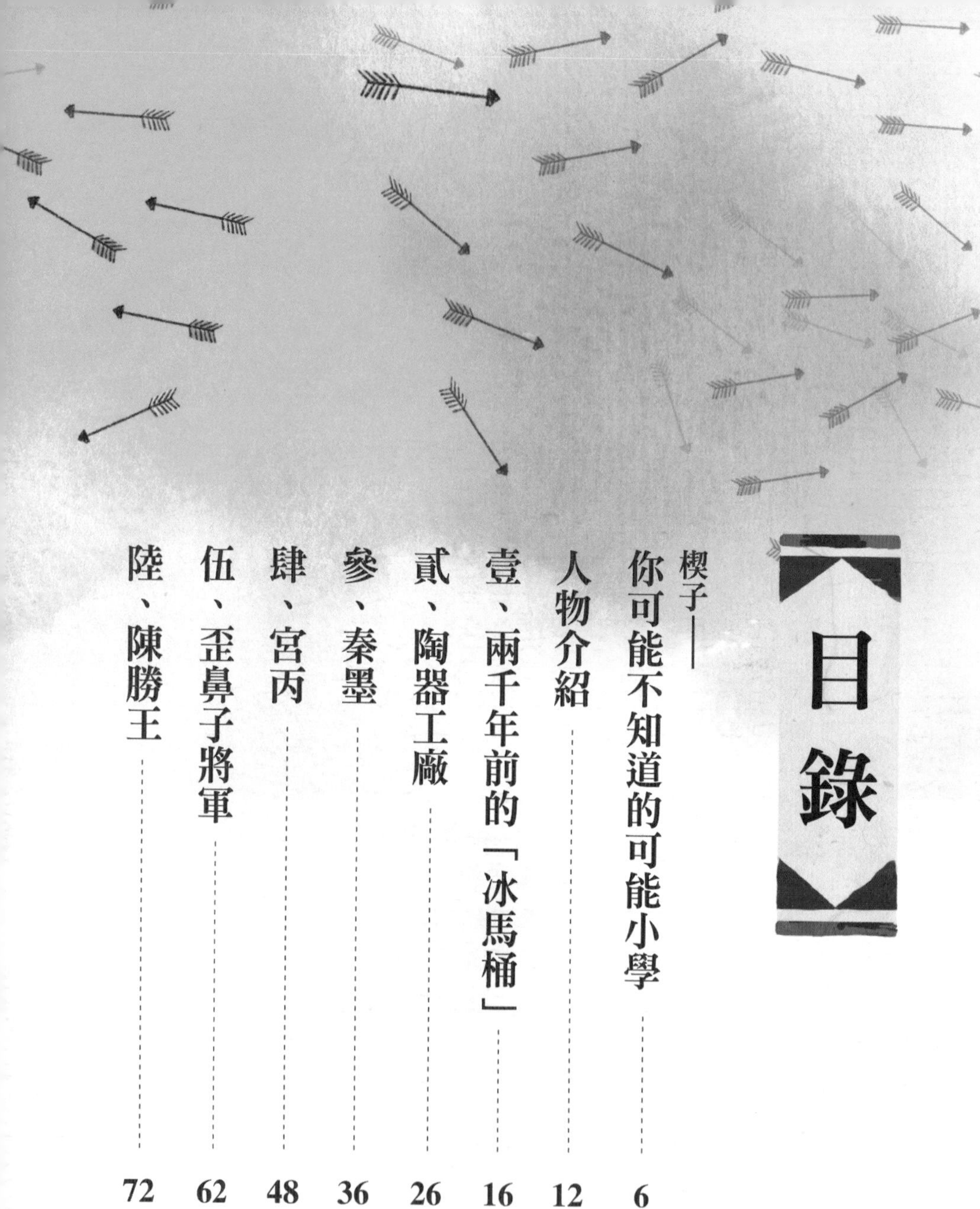

目錄

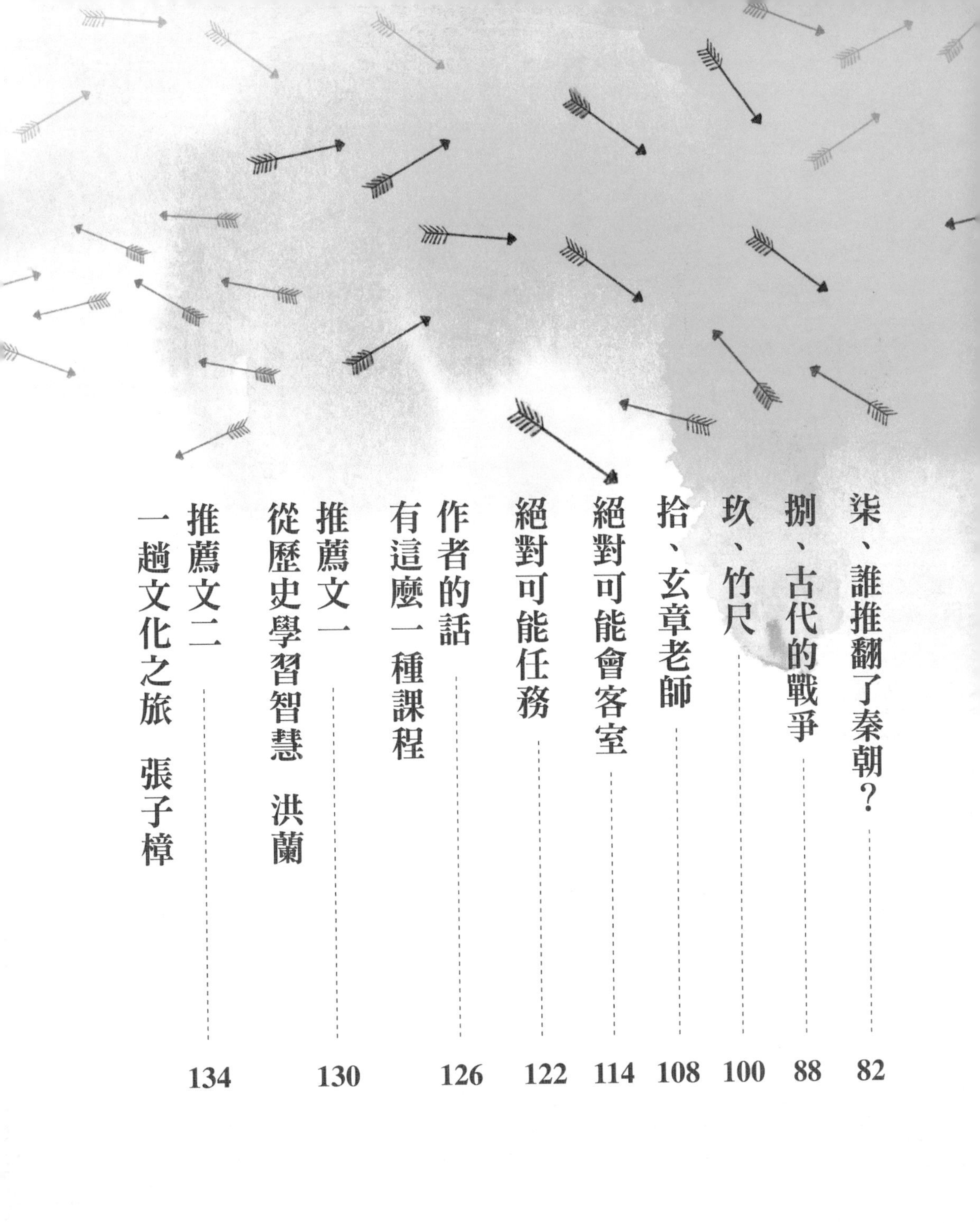

人物介紹

玄章老師

「可能小學」新聘的社會老師，來歷不明。應徵教職時，以一堂讓人終身難忘的社會課，讓校長當場決定聘用他。至於他試教的內容是什麼，沒有人能清楚的說出來。只是，可能小學的孩子覺得他的課一聽就想睡覺。為什麼會這樣呢？等你來判斷吧。

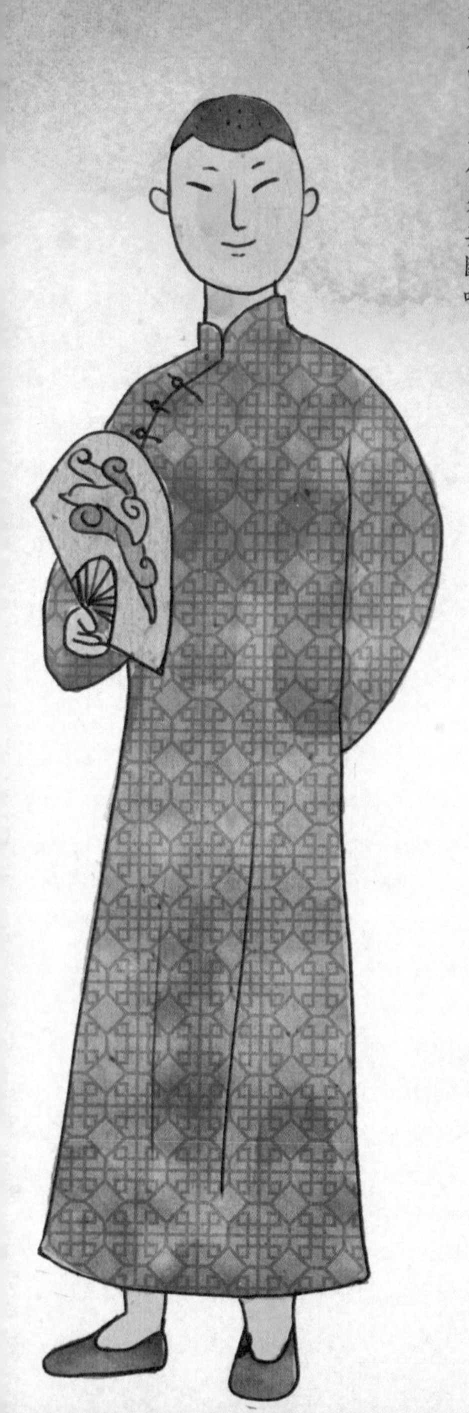

謝平安

可能小學四年一班的學生。他的父親是公務員，母親在百貨公司擔任櫥窗設計師。他喜歡美術課，家裡收藏三百多個公仔；熱愛電腦，國語成績也不錯。在一次參觀兵馬俑模型的活動時，意外被帶到秦朝。

愛佳芬

可能小學四年一班的學生。腦筋靈活，喜歡冒險。打棒球時，總是搶著要擔任投手。她的志願是當一位攀岩教練。和謝平安一樣，意外的到了秦朝，幫助秦朝第一工匠完成將軍俑。

秦墨

秦朝獄官。年輕時跟隨秦始皇參加統一六國的戰爭，因為在對楚戰爭中，偷偷放走楚國一千六百五十七匹戰馬，秦國因而大獲全勝，他也被提升為皇陵獄官，負責管理、登錄犯人的工作。不過，他最自豪的，還是他把文字簡化的功勞。

宮丙

外表像是鄰家慈祥的老爺爺，其實是大秦朝第一工匠，最擅長人像雕塑，進秦皇陵工作後，被指派捏塑兵馬俑。他的手藝好，捏什麼像什麼，唯一的煩惱就是，將軍的頭像捏了二十三次，將軍仍然不甚滿意。

章將軍

秦朝將軍，身材高大，有濃密的鬍鬚，是個剽悍的漢子。統一六國的戰爭，他無役不與，秦始皇統一天下後，他駐守皇陵。在馴服天川野馬時，被馬踹中鼻子，成了歪鼻子將軍，造成他終身的遺憾。

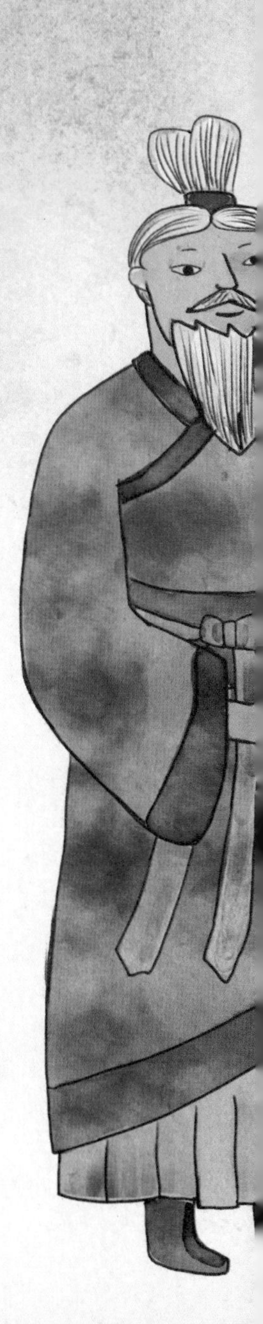

壹 兩千年前的「冰馬桶」

可能小學裡的老師，各個都有好幾把刷子。

教自然的會變魔術；管數學的對外星人瞭若指掌；英文老師喜歡演歌仔戲；社會老師……差點忘了，只有社會科的玄章老師好像什麼都不會，只會照著課本唸，平平板板的聲調，讓學生昏昏欲睡。

玄章老師是可能小學新來的老師。

他的年紀不大，整天穿著長袍馬褂，上課時只會低聲唸誦課文，聲音像唸經。小朋友不是打瞌睡，就是偷傳紙條。

謝平安覺得很倒楣，他喜歡美術，熱愛電腦，國語也不錯，為什麼卻遇到這麼古板的社會科老師呢？

他大概忘了，在可能小學裡，再稀奇的事都有可能發生！

幸好，博物館展覽兵馬俑時，玄章老師也趁機借了兩個回來，還把社會科教室變成兵馬俑的展示室，這堂課才稍微吸引了小朋友的注意力。

那兩個高大威武的武士俑，站著的叫立射俑，跪著的叫跪射俑。

「這是秦朝的兵馬俑。人家說秦俑千人千面，工匠們先做好人頭模型，再一個個雕塑。幾千個做好的士兵、馬匹陶俑排成軍隊的隊形，護衛著秦始皇的地下皇宮。」玄章老師的聲音聽起來很激動。

「秦朝？離現在有多久了？」小朋友問。

「秦朝呀，離現在兩千多年嘍。你們看，兩千多年前的人，就能做出這麼高大的兵馬俑……」

玄章老師的話，謝平安不太專心聽。因為，他總覺得那兩個俑好像在瞪他，尤其是跪射俑。他心裡一慌，低頭假裝在看手上的導覽手冊——這是可能小學為了這次展覽特別印製的。手冊上寫著：

「西元前二四六年，十三歲的秦王嬴政登上國君寶座，在西元前二二一年，滅掉其他六國，建立秦朝，奠定了兩千多年來中國的基本疆域，並成為中國歷史上第一個皇帝。隨後，他命令『車同軌，書同文』，指派李斯制定統一的文字，還統一國家貨幣和度量衡。但西元前二一〇年，秦始皇在東巡途中病倒，不久就與世長辭。秦始皇生前將陵址選在驪山，因為工程十分浩大，動用了七十多萬名囚犯……」

「謝平安！」一個聲音在他身後響起。

謝平安嚇了一跳，他回頭看，是同班的愛佳芬。

「你在看什麼？」

「這個！」謝平安把手冊一揚。

愛佳芬笑著說：「看手冊？太遜了吧，我介紹給你聽吧！」

「你？」

「哼！其實很多事只要想一下就知道了。秦朝之前，中國分成好多個小國家；秦始皇統一天下，很多事當然也要統一一下啦。」

「有道理！」

「你看嘛，如果我是秦始皇，我一定要規定全國用相同的錢幣，這就是『貨幣統一』；再把六國的馬車車輪距離改得一樣寬，馬車行經的軌道也會日漸相同，這就叫『車同軌』。當然，文字更要一致，所以秦朝的宰相李斯就用小篆來統一六國的文字，『書同文』就是這樣來的，懂了吧！」

謝平安崇拜的說：「如果你回到秦朝，那些古代人還有得混嗎？」

「這也沒什麼，遇到問題多動腦嘛！」愛佳芬說。

「咦！人呢？」一轉眼，社會教室一片空蕩蕩，不見玄章老師和同學的蹤影。「我們快走吧！」謝平安望一眼跪射俑，小聲的說。

愛佳芬聳聳肩：「回教室聽玄章老師唸課本？我覺得留在這裡研究比較有收穫。」

「研究？」謝平安不敢直視兵馬俑，彷彿這兩個士兵隨時會活過來似的。

夕陽溜進教室，立射俑旁邊一個小小的模型被落日餘暉照得閃閃發光。

「這是什麼？」愛佳芬像是發現了新大陸，「還用玻璃罩住。」

玻璃罩裡，像個院落的模型，土黃色的院子裡，有幾個公仔般大小的人在工作。

「這好像是古代陶器工廠的模型。」謝平安去過蛇窯，看過燒陶的過程。「那個泥土砌出來的是窯，旁邊架子上的東西是等著乾燥的作品。」

他蹲下來盯著模型看，一個身穿紅色古裝的小人站在窯邊。

「我知知道了！」謝平安大聲的說：「是做冰馬桶的地方嘛！」

愛佳芬捶了謝平安一下：「什麼冰馬桶？我還冰馬車咧，是兵馬俑啦。」

愛佳芬膽子大，一把將模型的玻璃蓋拿起來。

窯邊，有支竹尺。

「這是幾比幾的模型？」愛佳芬拿起竹尺比來比去。

「幾比幾？」

「就是比例嘛。如果是三十比一的話，代表模型上的一公分，是實際的三十公分。例如這個人量起來是……」她把頭湊近模型，盯著站在窯邊指揮的士兵，「他的身長六公分，乘以三十的話，就是一百八十公分。咦……」她好像看見窯裡的火光動了一下，難道是夕陽的光芒？

愛佳芬回頭問謝平安：「你看見了嗎？」

「看見什麼？」

「這個！」愛佳芬用竹尺碰了碰窯口。

火光閃爍，謝平安嚇得大叫：「火在動，窯裡的火在動！」

秦始皇的高速公路

春秋戰國時期的交通工具以兩輪的馬車為主，等級差一點的有牛車、驢車。

秦始皇統一天下前，秦國和其他六小國各自為政，各國間連年打仗。為了加強防禦，各國無不絞盡腦汁，例如故意把自己國家的農田田埂與敵國道路修成相反方向，或是故意把馬車左右車輪的距離造得不一樣。考古學家甚至發現，有些城門設有特殊措施，不是本國的車子，根本進不了城。

秦始皇統一六國後，一開始因為各國馬車的輪距不一，造成車道有寬有窄，行駛時非常的不便，秦始皇便下令統一馬車左右兩輪間的距離。從此，帝國內的道路寬度相同了，馬車可以快速的在上面馳騁，那種風馳電掣的感覺，是不是很像現在的高速公路？

輪距統一之後，每輛車子在道路壓出的車道印痕一致，後車跟著前車的印痕行駛，交通也變得更順暢——這就是成語「重蹈覆轍」的原義。

秦朝四馬兵車銅雕像

貳 陶器工廠

愛佳芬想把竹尺拿出來，但是，一股極大的吸力讓竹尺動彈不得。窯口迸裂出一道刺眼的白光，強光逼得他們睜不開眼睛。不知從哪裡冒出來的風，在四周嘶嘶怒吼。火光、風聲，連教室的牆壁似乎都在旋轉。天旋地轉，他們快站不住腳……

一切的混亂歷時有三秒鐘？三分鐘？

時間在往前跑還是倒轉？

等騷動停止，愛佳芬先睜開眼睛。

強光正漸漸變暗，一個高大的人俯瞰著他們——那不是人，只是個用泥土捏成的人像。

一個鬍鬚飛揚、梳著髮髻的泥塑士兵，它銳利的眼神就像正面對著戰場上的千軍萬馬。

一長排不折不扣的陶俑頭像，安安靜靜的待在架子上。它們只是泥塑，還沒燒成，但是逼真肅穆的表情，讓愛佳芬嚇了一跳。

「這……這是怎麼回事？」

謝平安看看愛佳芬和自己，他們的制服不見了，身上穿著紅色的

滿

古代衣服，腳上套著草鞋，好像在演古裝戲一樣。連他一向不離身的書包，都變成了斜掛在身上的麻布袋。

「我們……我們好像跑進模型裡了。」謝平安緊抓著麻布袋，心裡非常不安。

剛才謝平安看到模型裡的紅衣人正往窯裡放柴，而現在，謝平安和愛佳芬就站在窯邊——他們變成了紅衣人。

愛佳芬打量著房間，這裡看起來比模型大好幾百倍。木架上，幾十個陶俑頭像，每一個的神情都不相同。另一邊的窯口，火舌翻飛，發出劈里啪啦的聲音。窯口，可以隱約見到被火燒得通紅的陶俑頭像。再過去是個圓形的門，不知道通到什麼地方。

「我們怎麼會跑到這裡？」謝平安咬著指甲、顫抖著問。

愛佳芬眼珠子轉了一轉。她雖然鬼靈精怪，但這麼奇怪的事，她也不懂。

她看看窗外，大雨正滂沱的下著。

遠方有座青翠的小山。山稜線上，一長排紅衣人戴著紅色的頭巾，在大雨裡行走。身上似乎背著重物，走得很慢。

山上，每隔幾公尺就站著一名士兵。

士兵手執長矛，偶爾朝紅衣人揮動長矛，似乎在驅趕那些人。

「下這麼大的雨，他們也沒穿雨衣。」愛佳芬下了個結論，「他們一定在趕工加班。」

雲層很低很厚。

一個紅衣人從高高的稜線上滾下來，隊伍頓時亂了，士兵拿著長矛追趕紅衣人。

或許是坡度太陡，紅衣人滾的速度很快，一直滾到半山腰才停住。士兵追上了，他們對著那人又戳又打。雖然距離遠，聽不到紅衣人的叫聲，但是那慘烈的畫面，讓謝平安用手遮住眼睛，說：

「啊！好可怕，我們趕快回學校啦。」

「回去？想回去也要先找到路呀！」愛佳芬說，「這裡可不是臺北，沒有捷運可以搭。」

「沒有路？難道我們跑進夢裡了？」

「如果這是夢，我們現在是在你的夢裡，還是在我的夢裡？」愛佳芬說：「我捏你一下看看，如果不會痛，那我們一定是在夢裡！」

「捏我？我才不要。」謝平安想拒絕，愛佳芬卻把他的手臂拉過去，用力一捏，痛得他發出一聲慘叫。

她摀住謝平安的嘴巴：「別叫！被那些士兵發現，我們就慘了。」

謝平安揉著手臂嘟囔：

「我們到底在哪裡呀？」

愛佳芬愣了一下，說：「這不是夢。看看這些兵馬俑，我們一定是跑到秦朝了。」

「秦朝？秦始皇的時代？」謝平安嚇一大跳。他記得背包裡，喔，不是背包，是麻布袋裡有秦朝的導覽手冊。

原本背包上的哆啦A夢現在變成一條黑色的巨龍，巨龍張開大嘴，盤旋而飛。

背包裡的鉛筆盒、課本和作業簿都不見了，只有一卷用繩子串著的竹片和兩支毛筆。

布袋裡，還有一把小刀、一塊小石頭，不知道是做什麼用的？

「這是什麼呀？」謝平安打開竹卷。竹卷裡的字，他大多不認得。

讓人又愛又恨的秦朝

秦朝距離現在約有兩千兩百多年，開國皇帝是秦始皇。

秦始皇滅掉六國，建立中國歷史上第一個統一的國家，成為第一個皇帝。

秦始皇時代，統一了全國的文字、道路和度量衡。文字讓大家溝通方便、道路讓來往順暢；度量衡則是規定重量、體積和長度的標準，讓人民做事的時候有所依據。

為了阻止北方游牧民族入侵，秦朝還連接戰國時期燕、趙、秦已修築的城牆，讓百姓能安居樂業，也為日後中國的強盛，奠下堅實的基礎。

不過，秦始皇也做了很多勞民傷財的事。像是派了幾十萬人修建阿房宮；用三十多年的時間蓋他的墳墓等。

秦始皇死後，二世皇繼任，他比秦始皇更殘暴，終至失去民心。秦朝統一六國到滅亡，總計只有十五年。

這幅陳列在秦始皇兵馬俑博物館內的秦始皇畫像，是參考歷代秦始皇畫像與秦代服飾資料繪製而成，可信度極高。

小常識：秦始皇之後，中國出現了五百多位皇帝。

參 秦墨

「如果現在是秦朝，那我們有機會看到秦始皇嘍？」謝平安看著愛佳芬說。

「始皇帝升天一年多了！」一個陌生的聲音從隔壁傳來，嚇得他們幾乎跳起來。

「你們是新來的犯人嗎？」那個聲音聽起來很蒼老。

他們循著聲音，穿過圓形的門。門通往另一個房間。

房間很小，點著蠟燭，蠟燭閃著微弱的燭光。

雖然燭光昏暗，還是可以看到房裡有無數的竹片、木片堆到天花板。像課本那麼大的木片上，畫滿了圖案；像筷子一樣細長的竹片，寫滿了細碎的文字。還有些刻著奇怪文字的板子，讓人猜不透它們是用什麼製成。有些竹片用繩子串起；有些已經脫落。這些板子有的已經被燻成黑色，看起來年代久遠；有的像是剛剖開不久，光滑雪白。

一個滿頭白髮的老人，正在竹片堆前抄抄寫寫。

「皇初元年，始皇威震天下……」老人邊唸邊寫在竹片上，一片又一片。

老人的眼窩很深，大而有神的眼睛，有如兩輪明月。

「哪裡來的犯人？」老人一喝，謝平安急忙躲到愛佳芬背後。

愛佳芬不服氣：「我們不是犯人，我們從臺灣來的。這裡是哪裡？是在拍電影，還是可能小學的變裝晚會？」

「臺灣？臺灣在哪一郡呀？是上郡還是北地，還是隴西……」

「什麼上呀下的？臺灣就是臺

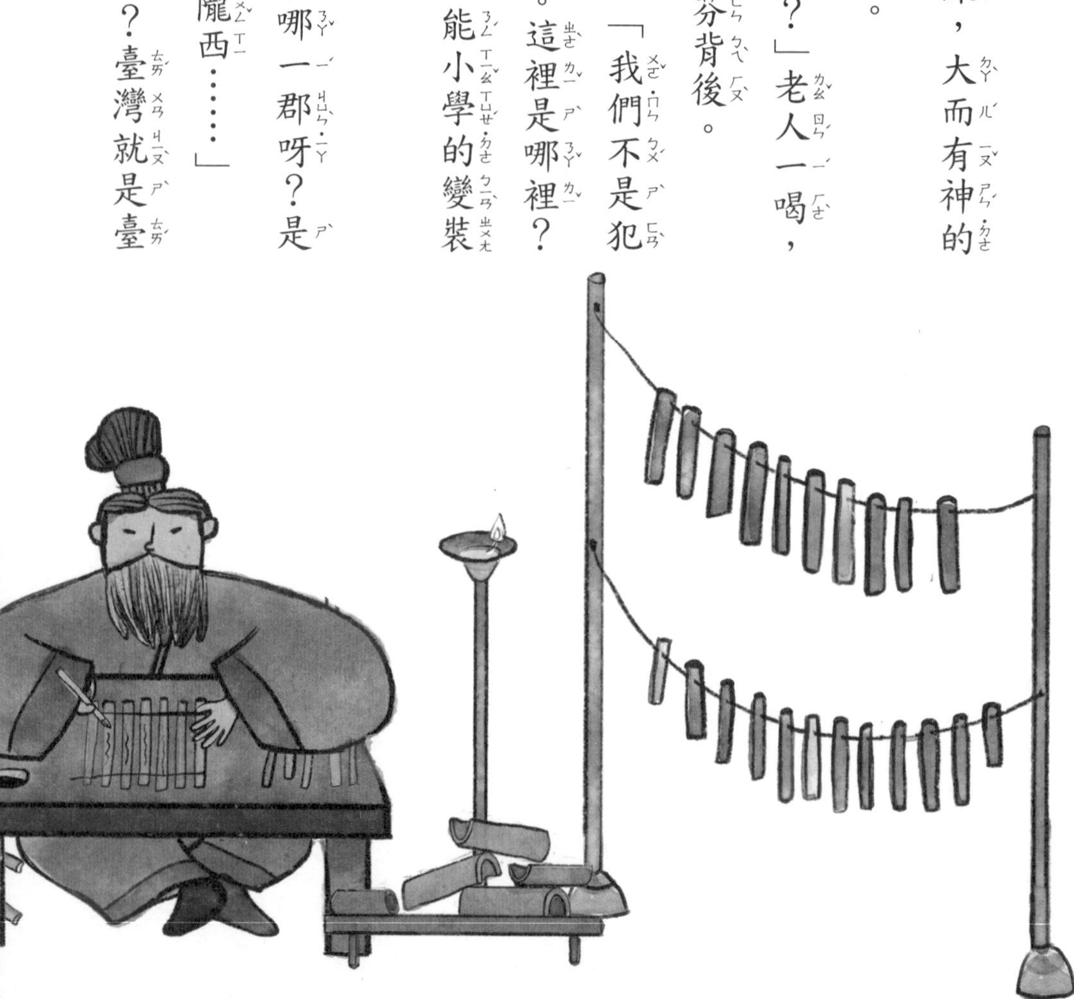

灣，我是愛佳芬，他是謝平安，你是誰呀？」

「我……我是秦墨，專管犯人，每個新進來的犯人都歸我管。」

他似乎很生氣，提筆在竹片上快速飛舞：

刑徒上郡中陽縣臺灣里艾分年十長六尺

「你寫的是我嗎？」愛佳芬凶巴巴的說：「我叫愛佳芬，不是艾分。」

「年十長六尺又是什麼意思？」謝平安偷偷的問。

「十歲、身高六尺，這也不懂？」

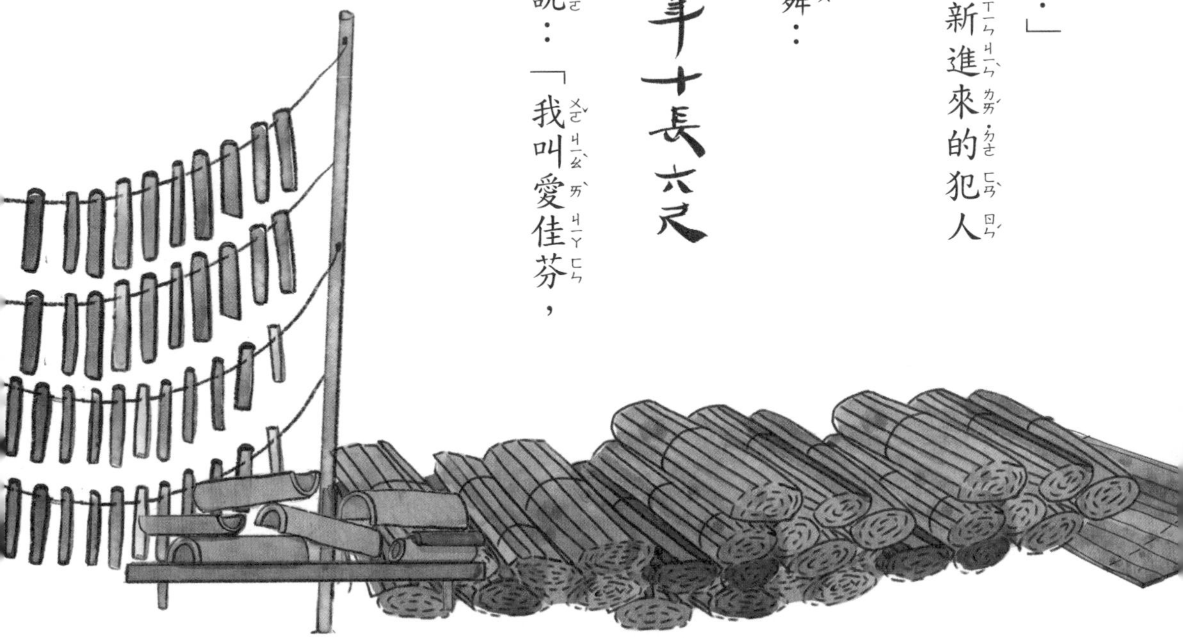

秦墨哼了一聲，又寫了一片：

刑徒上郡中陽縣臺灣里平安
年十長六尺一寸

秦墨寫字的速度很快，發出沙沙聲——原來毛筆畫過竹片時，也有聲音。

「我知道了，你說謝平安是十歲，身高六尺一寸，可是他明明就是一百四十五公分。」

秦墨又哼了一聲。看得出來他的脾氣很大。

「你為什麼不寫在紙上？」謝平安怕惹秦墨生氣，問得很謹慎。

「紙？紙是什麼？幾十萬個犯人，用竹片抄才快！」秦墨說。

「土包子，連紙都沒看過？」愛佳芬瞪了秦墨一眼：「謝平安，你拿張紙給他看嘛！」

謝平安看看他的麻布袋，兩手一攤；而且他發現，秦墨寫的字和他背包裡竹片上的字很像，那一定是很古老的文字。

「我猜，秦朝時一定還沒有紙。」謝平安偷偷的說。

愛佳芬幸災樂禍的說：「嘿！幸好他們有毛筆寫字，不必拿刀子刻竹片。」

秦墨停下筆：「現在的毛筆經過蒙恬將軍改良，變得更好用了。當年我跟著蒙將軍駐守漠外，抗敵有功，但是，我覺得他改良筆的功勞，比抗敵的功勞更大。」

「好，蒙恬是偉人，他改良毛筆，但是你也不應該改我們的名字。

我是愛佳芬，不是阿貓阿狗，更不是艾分。」愛佳芬忍不住提醒他。

「改名字？改名字算什麼！」秦墨大喝一聲：「始皇帝滅六國，各地送來的犯人成千上萬，我每天奉命抄寫的名字超過一千人。一千個犯人怎麼寫得完呀？要不是我聰明，找到同音字，省掉幾個字，照李斯相爺的寫法，一天可能寫不到一百個人！」

「李斯？」謝平安覺得這個名字有點耳熟。

秦墨拿起小刀把竹片上的字刮掉，又寫了一長串字，這回的字體明顯不一樣了：

形徒上郡中陽縣臺灣里
艾分為十長史尻

謝平安看著秦墨的小刀：「原來那把小刀是古人的橡皮擦。」

秦墨抬頭看著兩人：「這是李斯相爺創的小篆，看得懂嗎？」

他們兩個搖搖頭：「什麼『傳』？你在畫什麼呀？」

「你們連小篆都不懂？哈哈哈，真是不學無術。我告訴你們，如果不是李相爺統一各國的文字，你們一定更看不懂。」

小刀又刮掉竹片上的字體。

毛筆在竹片上再次抖呀抖的，抖成一串更奇怪的字：

「你這是蝌蚪在做體操嘛！」愛佳芬取笑秦墨：「這不是字！」

「體操是什麼東西？唉！真是井底之蛙。六國沒滅之前，每一國的字體都不相同，始皇因此讓李斯相爺去研究『書同文』，制定小篆為統一的文字。」秦墨看了她一眼：「要是文字不統一，那就天下大亂了！」

謝平安聽得一頭霧水：「我光看這些蝌蚪就覺得頭昏眼花！」

秦墨很激動，他指著滿屋子的竹片：「李相爺行，我也不差。他的小篆筆畫複雜，字形也沒固定，同一個字有很多種寫法，寫起來讀起來都不方便。要抄寫那麼多犯人的資料，偏偏又遇上這麼複雜的字體，所以我又創造了一套新的字形。」

七尺男子漢，其實並不高

秦朝的一尺，大概是現在的二十三公分，所以「七尺」男子漢，只有一百五十一公分，以現代的眼光來看，其實並不高。秦墨寫著愛佳芬的身高有六尺，大概是現在的一百三十八公分，秦墨一眼看出愛佳芬的身高，眼力真是厲害！

一尺有十寸，秦墨估算謝平安是六尺一寸，他估得接近嗎？你也可以把你的身高除以二十三，就能算出自己在秦朝時的身高了。

秦朝的法令嚴苛，稍一不慎就可能被認定犯法。現代人認為年滿十八歲就是成年人，要接受國家法令的規範；然而在秦朝，因為戶口調查不容易，要怎麼判斷成年與否？他們用的方法很像遊樂園收票制一樣，男人要滿六尺五寸，女人要達到六尺二寸才算成年人。你可以計算一下身高，看你在秦朝算不算是成年人？

考古學家們在秦始皇陵坑道中修復兵馬俑。由圖可知，扣除下方站台，兵馬俑的平均身高與一個男性成人差不多。

字和紙的變身術

秦朝時，還沒有發明紙，那時的人想記事情，只能把字刻在獸骨、龜甲和石頭上，對了，也有人把字寫在絲綢（一種絲織的布料）上。但是甲骨很硬不好刻；石頭很重不容易搬；絲綢很貴，多數的人買不起。所以，那時候的人，想到把字寫在竹片上、木片上，竹木片輕又便宜，成了書寫最容易的載具。

據說秦始皇一天可以讀一牛車的書；其實他看的不是紙做的書，而是一片片竹片連結成的竹簡，一卷竹簡上的字數不多。人家說「學富五車」，指的是讀了五牛車的竹簡。在竹簡上抄寫不容易，搬運也困難，所以當時一本書的內容不會太長。

東漢時，蔡倫改良造紙的技術後，文章可以寫長了，我們現在也不用搬竹簡去上課了。後來，唐朝和阿拉伯打仗，幾個倒楣的造紙工人被阿拉伯人抓走，造紙術才傳到歐洲。

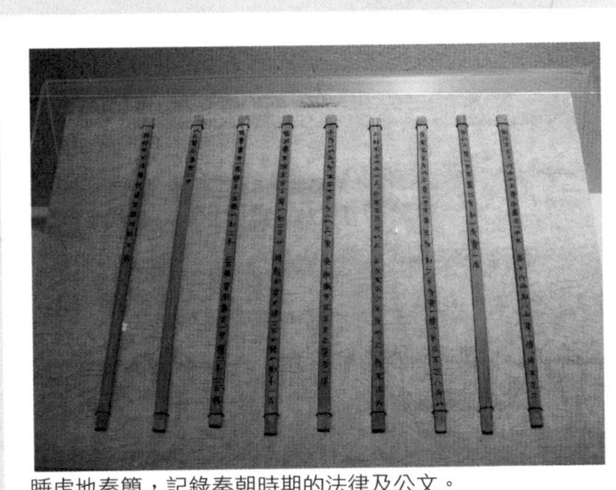
睡虎地秦簡，記錄秦朝時期的法律及公文。

小常識：在紙發明之前，西方人把字寫在羊皮、莎草紙或是泥板上。

肆　宮丙

「因為寫名字很麻煩，你就偷工減料，把筆畫變少？」愛佳芬白了秦墨一眼。

秦墨難得張嘴大笑。他的牙齒大概從沒刷過，又黃又黑，口臭薰得愛佳芬往後退了一大步。他雙手在竹片堆裡翻來揀去：「這不叫偷工減料，你們比一比，我改完的字又簡單又好寫，真不知道以後有沒有人看得到？」

他找出幾根竹片，迎著燭光，指著 這個字說：

「你看，『鳥』字本來這樣寫，但是太複雜了。」說完，他又指著鳥字說：「我省一點兒筆畫，用四點取代，是不是好寫多了？」

秦墨又指了 字，問：「知道這是什麼字嗎？」

愛佳芬和謝平安搖搖頭，秦墨笑著說：「這是原來『魚』字的寫法，雖然跟魚的形體很像，但是筆畫太多，我把它改成這樣：魚，筆畫簡單，容易書寫。」

謝平安的腦海裡頓時生出一個大計畫：

「以後我們老師叫我寫生字，我就學你把筆畫減少，最好全部減成一個一個『一』字，那該有多好哇！」

「你說的有理，字不用複雜，好記好寫最重要。」秦墨談興大開，起了頭就停不了。

他們一老一少竟在竹片堆前聊開來，惹得愛佳芬頻頻搖頭，直到她再也忍不住。

「我們要回家！」愛佳芬拉住秦墨問，「你能不能告訴我們，要怎麼回家？」

秦墨盯著她一會兒，然後才一字一字的說：「回家？進了皇陵，還想回去？我看，你們去找宮丙吧，看看他能不能給你們指點迷津。」

根據秦墨的指示，宮丙在陶器工廠的另一個房間。

陶器工廠很大，長長的走廊兩側，是無數的工作間。

愛佳芬和謝平安放輕腳步，輕得像是隱形人一樣。

一個明亮的工作室裡，幾個紅衣人把陶土擠進模型裡；還有人把模型打開，取出陶俑的手掌。

有人在陶俑的上半身刻紋路；在戰袍上貼上一個個長方型的土片，土片上再打一個圓洞。

「那是鎧甲。」謝平安輕聲的說。

下一個房間，有許多的手呀腳呀，一隻隻被擺在地上，彷彿夜市套圈圈的攤位。

再下一個房間，有許多工匠在組裝士兵俑。

「直直走，就會找到宮丙。」秦墨的話，指示愛佳芬和謝平安不斷的往前。

最後一個房間裡有幾個人，穿著戰袍、梳著髮髻的士兵坐在地上，緊抿著嘴脣，看見他們進來了，卻動也不動。

一個瘦巴巴的老爺爺拿著黏土，正來回的看著眼前的泥塑人像和坐在地上的士兵。

「要喊『報告』嗎？」謝平安回頭，不安的問著愛佳芬。

愛佳芬推著他：「這裡不是學校，過去吧！」

老爺爺聽到說話聲，放下手裡的工具，慈祥的望著他們。

謝平安抓抓頭髮：「嗯……有個人叫做秦墨……」然後又搓搓手說：「他叫我們來找宮丙。」

他好不容易說完，吐了吐舌頭。

「我就是宮丙，」老爺爺笑著說：「你們是新來的工匠？」

愛佳芬和謝平安鬆了口氣；這個又高又瘦的老爺爺，沒有秦墨那麼可怕。

「我們想回家。」他們齊聲說。

宮丙咧嘴笑著：「這裡的每一個人，都想回家。」

對面一個大鬍子士兵也說：「小女娃真有趣，我的女兒跟你差不多大，只是，我好久沒看到她了。」

老爺爺手裡拿著削尖的木片，在陶土人像上一邊修整，一邊捏揉。那個陶土人像和對面的士兵很像，連中分的頭髮、兩撇小鬍子都絲毫不差。

「別愣著，先幫我把兵爺的頭像完成。」宮丙對他們說。

「我們要做兵馬俑？」謝平安的興趣來了，他最喜歡美勞課，「好玩好玩。」

他拿起木片，學著宮丙在陶土上又揉又捏。

愛佳芬皺著眉頭說：「我不會。」

坐在她對面的士兵有著高高的鼻子，深深的眼眶，和一頭紅髮。

他笑嘻嘻的說：「捏個兵爺守皇陵，讓我跟著皇帝上天下地！快呀，章將軍還在等咱們回去咧！」紅髮士兵說話的音調古里古怪，像個外國人。

謝平安轉頭對愛佳芬說：「你沒捏過人像，也玩過泥巴嘛。平時看你總是衝第一，現在又在等什麼？」

愛佳芬白了謝平安一眼：「我……我是因為……因為……」她說不出口的話是：如果捏醜了被取笑怎麼辦？

紅髮士兵像是看穿她的心思，笑嘻嘻的說：「你把我捏成醜八怪，我也不怕。咱們打從八百里秦川出來，一路跟著大王打趙國、滅楚國，不怕死，更不怕你把咱們捏成醜九怪。」

他大概以為醜九怪比醜八怪更醜吧？

宮丙也鼓勵她：「對啦，捏壞就捏壞嘛，再捏就是了，怕什麼？」

「小女娃，你快點吧，弄好了兵爺才好去交差。這種鬼天氣，怕有歹徒來打皇陵的主意，快快快。」紅髮士兵又催了起來。

文字變變變

甲骨文：中國現存最古老的文字。它們大多刻在烏龜的殼，或大型動物（例如牛）的肩胛骨上。

金文：一種鑄刻在青銅器上的文字。臺北故宮博物院收藏的《毛公鼎》內，刻有金文五百字，是所有出土的青銅器中，鑄刻字數最多的。

籀文：古代秦國使用的文字，也有人稱它作「大篆」，是「小篆」的前身。

小篆：秦始皇命令李斯負責簡化秦國原有的籀文，統一六國的文字，最後才有小篆。

隸書：秦朝時期，又把小篆繼續簡化和固定化，形成隸書，更接近現代的文字。到了漢朝末年，為了書寫便捷，楷書、行書和草書日漸風行，一直延用到今天。

（甲骨文）

（金文）

（小篆）

魚 馬 冊（隸書）

魚 馬 冊（楷書）

鱼 马 册（簡化字）

兵馬俑的小祕密

將軍俑：
將軍俑高大挺拔，氣質不凡，
但出土的件數不超過十件。
想想也對，將軍不能多，
多了就不稀奇了嘛！

御手俑：
駕駛戰車的御手俑，
手裡的韁繩不見了，馬也跑了，
幸好，他還是繼續盡忠職守的站著。

重裝武士俑：
重裝武士俑的數量最多，
個個身高有一百八十公分，
是秦朝軍隊的主力部隊。
如果來到現代，也適合組成籃球隊。

立射俑和跪射俑：

在秦始皇兵馬俑的二號坑中，有一個立射俑和跪射俑組成的方型隊形。他們雖然身上沒有穿鎧甲，但是可別小看他們，在冷兵器時代，他們稱得上是古代的「飛彈部隊」，沒有鎧甲，所以行動方便。他們手上拿的是一種叫做「弩」的強力弓箭。在方陣中，他們要輪番射擊而不能傷到自己人，才會採取立姿和跪姿這兩種射擊方式喔。

輕裝武士俑：

輕裝武士俑排列在部隊最前方。這個兵種的行動快速，負責衝鋒陷陣，與敵人做第一線的接觸。

文官俑：

文官俑們身穿長袍，頭戴長冠，文質彬彬；他們的雙手藏於袖中，一副必恭必敬的樣子，想必隨時都在等著幫皇帝出謀劃策吧。

伍

歪鼻子將軍

謝平安的美術課成績好，他的陶像捏起來有那麼七分樣。愛佳芬卻東看西看，遲遲不肯動手。

她眼珠子對著屋裡四周轉呀轉，突然，她發現房間架上有個很不一樣的陶俑。

它似乎才剛做好，頭上塑有將軍頭盔，還有滿臉鬍子。唯一的缺點是，將軍俑的鼻子又長又有點扭曲，看起來很不自然。

愛佳芬很好奇，對著宮丙說：「你把別人捏得那麼好，幹麼把將軍捏成歪鼻子？你跟他有仇呀？」

宮丙嘆了口氣：「二十三次，章將軍的人頭我捏過二十三次，他沒有一次滿意。」

「你把將軍的鼻子捏成科學怪人，又歪又難看，他怎麼會說好？」

愛佳芬不解的問。

「什麼怪人？章將軍的鼻子本來就是歪的嘛！」宮丙反駁：「做人像當然要做得『像』嘛，不像，怎麼能交差？七千多個人形陶俑，和數百匹馬俑，我敢打包票，沒有一個做不像！」

「你是說，你們章將軍真的有個歪鼻子？」愛佳芬睜大了眼睛。

「章將軍以前的鼻子才挺哩，那時大家都誇他是大秦國第一美男子。」紅髮士兵說。

愛佳芬問：「那……現在怎麼會……」

不等她說完，紅髮士兵壓低音量說：「說來說去，都怪那匹天川野馬！」

愛佳芬的興致來了：「什麼天川野馬？」

「幾年前，咱們家鄉獻給始皇帝一批天川野馬，李相爺派人來說，皇陵裡就要雕這種馬，雄壯神駿。李相爺還說，誰能馴服這些野馬，誰就有馬騎。」

「野馬和章將軍的歪鼻子有什麼關係？」愛佳芬問。

紅髮士兵得意了：「關係大了！一聽到有好馬騎，皇陵裡的士兵誰不摩拳擦掌哩！大家都想搶一匹來騎。英雄愛好馬，能騎一匹自己馴的野馬才光榮呀。二十六匹馬，小的、母的、乖的，都有主了，就是那匹黑色的大公馬沒人敢騎。大家都說這匹馬又高大、性子又烈，只有章將軍才馴服得了。

「後來章將軍去馴馬了嗎？」

「是呀，章將軍向我們訓完話，走近那匹黑馬時，黑馬也不知道怎麼回事，突然像是發了狠……」紅髮士兵一邊比手劃腳：「黑馬來了一個朝天踢，當場把將軍的鼻子踢成這副德性。」

「可惜秦朝沒有整型醫生，不能幫他矯正鼻子。」謝平安說。

宮丙問：「整什麼醫生？是大夫嗎？」

「別聽他亂說啦，」愛佳芬怕宮丙繼續問，急忙岔開話題：「難怪你幫章將軍捏的陶俑，他不滿意。」她靈機一動，跑上前去，在將軍俑的鼻子上一扭：「好，我替你弄直啦，你們將軍看了，一定覺得帥勁十足，酷斃啦！」

「酷什麼呀？我死定啦！」宮丙急著說：「每個陶俑做好後，都要刻上製作的人的名字以示負責；你這麼一弄，陶俑不像將軍，怎麼得了呀？」

宮丙正要伸手把將軍俑的鼻子扭回來，旁邊的門簾被掀開，一個比門還高的男人走了進來。

「將軍好！」幾個士兵站得像支長槍。

將軍的個子很高，在他濃密的鬍鬚上方，果然有個扭曲的鼻子。他看起來好像很生氣，鼻子重重的哼了一聲。

他揮揮手，士兵們急忙往外退，紅髮士兵隨手把愛佳芬和謝平安拉出去。

他們剛退到門外，將軍破口大罵的聲音就傳了出來：

「宮丙，大家說你是皇陵陶俑第一工匠，我的俑你卻老是做不好……咦？今天的俑……，嗯，你終於做好了。」

謝平安望了愛佳芬一眼：「將軍滿意了？」

愛佳芬的神情得意極了，她偷偷的說：「愛美是人的天性，不管是二十世紀的美女，還是秦朝時代的將軍，每個都一樣啦。將軍不好意思開口要宮丙把鼻子弄直，只好一直退貨，我只是『碰巧』幫他改了一下，你看，將軍是不是滿意極了。」

兩人和紅髮士兵走出陶器工廠後，又往前走了一會兒，看到一個用木板搭蓋的大棚子。

棚子裡人影幢幢，個個執劍持矛；馬兒昂頭，匹匹神采飛揚。這麼多人和馬，卻一動也不動，安靜得沒有半點聲音。

「那是……」謝平安嚇得腿都軟了。

「那是替始皇帝守陵的兵馬俑軍團，很壯觀吧！」紅髮士兵笑嘻嘻的說。

挖呀挖，挖出一個磚瓦爺！

一七九四年，中國西部發生嚴重的旱災。為了找水，幾個農民想到村子外頭挖口井，竟然在井底挖到許多紅色的磚瓦。這些農民本來以為找到的是古代的磚窯廠，沒想到陸續挖出許多陶人陶馬的碎片。後來的學者專家憑著這口井，找到秦始皇的兵馬俑坑。

剛挖出來的兵馬俑身上的衣服、武器都有著鮮豔的顏色。但是，當時保存技術不好，還有人用水管沖掉他們身上的泥土。再加上受到空氣氧化的影響，兵馬俑身上的顏色漸漸剝落，最後只剩下我們現在看到的灰黑色。

目前，考古學家一共找到三個兵馬俑坑，坑裡兵馬俑的數量有幾千個，排列起來十分壯觀。有機會可以參觀中國陝西省的秦始皇帝陵博物院，雖然有點遠，但是那畫面非常震撼喔！

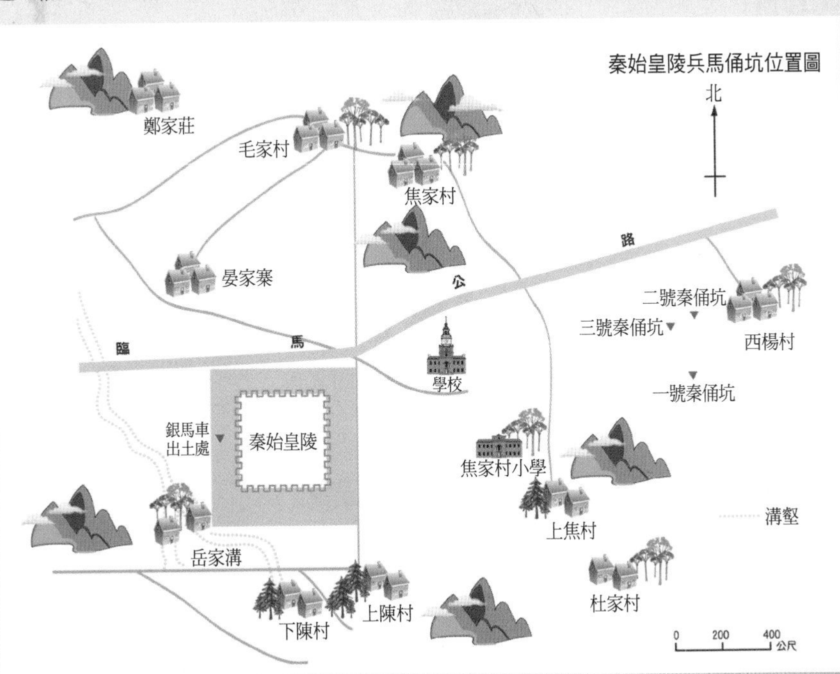

陸 陳勝王

愛佳芬和謝平安好奇的走進木板棚子，發現許多紅衣人正用馬車將燒好的陶俑運到棚子裡。

有些紅衣人正在幫陶俑上色。

他們在人形陶俑上塗了一層又一層的釉藥，朱紅、棗紅、深綠、淺紫，色調豔麗，色彩鮮明。

眼前的兵馬俑看起來神采奕奕，不像科學博物館裡的兵馬俑灰撲撲的。

「我們可以靠近一點嗎？」愛佳芬和謝平安問。

紅髮士兵點點頭。他們正要走近時，遠處森林裡卻傳來一陣騷動：幾隻山豬不知被誰追趕，一路尖聲號叫，在密林裡忽隱忽現。

「哇！老林，快快快，咱們去打山豬。」一名士兵喊著，自己先往林子裡鑽。

「走走走，去瞧瞧我們打山豬。」紅髮士兵笑著說，還忍不住吞了吞口水：「好久沒吃豬肉了。」

愛佳芬立刻跟著士兵跑。

謝平安的膽子小，他在後頭說：「別去啦，別去啦。」

愛佳芬的腳步快，一下子就和紅髮士兵消失在濃密黑暗的樹林中。

森林黝黑而安靜，只有一條狹窄的泥巴路。一進入林子裡，泥巴路很快又被雜草覆蓋。此時下起綿綿細雨，路面滑溜，謝平安跌了好幾跤。

「愛佳芬！你在哪裡呀？」謝平安的聲音在林子裡響著，驚起幾隻避雨的飛鳥。

謝平安愈走愈慢，林子裡到處都有古怪的聲音，彷彿會有不知名的野獸，突然撲過來。

長線般的雨絲，從空中落下。

沙沙沙的雨，淋得他渾身溼漉漉。

「唉呀，古代的森林裡，會不會有老虎？還是花豹？」

一想到這裡，他嚇得拔腿就往回跑。只是他才一轉身，一個男人不知道什麼時候突然出現在他面前，冷冷的盯著他。

男人陰沉著臉，身穿深色的服裝，手裡還有一把黑不溜秋的刀。

「別動。」男人低聲說。謝平安只覺得心慌腿軟，嚇得整個人往後一倒。

他以為自己一定會跌到地上。

可是沒有。

他被幾隻手托著；他想大叫，嘴巴卻被緊緊的摀住。

更多的人從樹林間跑出來，把他拖進林子深處。

雨下得更大了。

溼溼冷冷的雨，從林葉間落下，打在泥濘裡。

謝平安被放開，他發現自己被一群綁著頭巾的人包圍。

這些人坐在地上，安靜得像是皇陵裡的兵馬俑。

他們像是皇陵裡的囚犯，手裡拿著刀槍棍棒，臉上卻流露興奮的表情。

「放開我啦！」那是愛佳芬的聲音。

謝平安心想：「原來她也被抓來了。」謝平安看到她，安心多了。

原先跑在前面抓山豬的士兵們，現在各個雙手被反綁著。

一個高高瘦瘦的漢子，正向那個紅髮士兵問話：「那個姓章的，已經知道我們的事了嗎？」

紅髮士兵不答話，漢子拿著短劍在他面前晃，黑黝黝的劍，不知道是什麼材質做的。

漢子問話的聲音很低沉，但是一句比一句嚴厲。

另一個滿臉鬍子的大漢，把謝平安和愛佳芬帶到一旁。「你們住哪裡？怎麼會被抓來皇陵工作？」

愛佳芬瞪了他一眼：「我們是被你們抓到的，我們只想回家。」

鬍子大漢輕輕的嘆了口氣：「誰不想回家？『大楚興，陳勝王』，陳勝反抗暴秦，就是希望天下人都有個快樂的家。」

「陳勝王？他也是皇帝？」謝平安問。

鬍子大漢激動的說：「不，不，陳勝不是皇帝，他是神明選定的新王。」

兵馬俑DIY

和泥做胚

工匠先用陶土捏塑陶俑的頭部。陶俑的手、腳等部分使用模子快速做胚。為了減輕重量，兵馬俑的身體多為空心，方便搬運和燒製。

製成陶俑

將各部分毛胚組裝成粗胚後再進行雕刻，就是素俑。陶俑的頭部是雕刻時的重點，不管是帽子、髮型，或是五官、鬍鬚，都要認真雕刻。

入爐燒結

素俑陰乾後，要放進爐內燒製。爐火燒到攝氏一千度左右，燒成的作品密度大，硬度高，才能在地下保存兩千年，依然完整。

修飾上彩

兵馬俑燒成後，經過彩繪後再放進兵馬俑坑。上彩時，先在兵馬俑身上塗一層生漆，敷上白色做底，然後彩繪。彩繪後，一尊尊神采飛揚的兵馬俑就完成嘍。

據專家研究，秦俑並不是塑成整體再燒製而成，這些神情各異的秦俑大致由足踏板、腳、軀幹、臂膀、手掌、頭和頸等七個部分組成。

柒 誰推翻了秦朝？

「神明？神明指示陳勝當國王？」謝平安聽得滿頭霧水。

「不久之前，有人在一條魚的肚子裡找到一塊布，布上就寫著『陳勝王』三個字，那是神明指示陳勝當王的神蹟。」鬍子大漢崇敬的說。

「那你們在這裡幹什麼？」愛佳芬問。

「陳勝派周文帶軍隊進攻咸陽，秦二世命令章邯帶皇陵的犯人去抵擋周文。」

「打仗？」謝平安嚇得牙齒咯咯作響：「現在嗎？」

鬍子大漢點點頭：「哼，我們才不為秦二世賣命。周文的起義軍既然來了，我們當然要響應他，合力把秦二世趕下臺，推翻秦朝。」

「秦朝有這麼壞？」謝平安問。

大漢眼神一正：「哼！秦始皇父子好大喜功，建阿房宮、蓋皇陵，征來幾十萬的奴隸、俘虜和囚犯，這麼多年來，誰回過家呀？我猜，一旦皇陵建好，我們這些犯人都會被處死！」

鬍子大漢一邊說，一邊把他們帶到樹林的另一頭：「你們快走，找到機會回家去吧！」

謝平安一聽說要打仗了，急忙跟他說謝謝，拉著愛佳芬就走。走沒幾步，愛佳芬像是想到什麼，停了下來。

「謝平安，我們要回去陶器工廠。」

「但是……他們都要打仗了。」

「我們要回去警告宮丙，叫他快跑，免得他也被殺呀。」

謝平安搔搔頭：「可是如果陳勝的軍隊贏了，這些犯人就不會被處死了呀！」

「不對，陳勝的軍隊不會贏，推翻秦朝的不是陳勝。」愛佳芬記得老師講過楚漢相爭的故事，故事裡沒有陳勝呀！

「那，陳勝的軍隊最後怎麼了？」謝平安想問，可是愛佳芬已經拔腿跑進林子裡。

溼淋淋的泥巴路，讓一路追趕愛佳芬的謝平安跌了好幾跤。

陰沉灰暗的雲層散開了一點，透出些許陽光。

陶器工廠前站滿了紅衣人。工廠外圍，是騎馬駕車的士兵。

歪鼻子的章將軍騎著馬，正在說話，洪亮的聲音，每一句都讓山谷響起回音。

「是那隻黑馬耶！」謝平安指著將軍的方向說：「那匹馬把他的鼻子踢歪了，他還敢騎馬，呵呵呵。」

愛佳芬揮手要謝平安安靜，她拉著謝平安，從人群後頭躡手躡腳的走過。

空氣冷冷的。

細雨飄飛的山谷裡，章將軍的聲音格外清晰：「沒想到，皇陵出了一批叛徒，他們笨到想跟周文去自尋死路。好呀，我們先肅清這些叛徒，再去對付周文。」

士兵很安靜，紅衣犯人很沉默。雨絲落在草地上發出沙沙聲，遮掩了愛佳芬和謝平安的腳步聲。

工廠大門在望，兩人就要跑進工廠了。

「二世皇下令，只要消滅周文，就是立下戰功，你們都能光榮返鄉，不用當犯人了！」

章將軍的話一說完，四周響起巨雷般的呼喊，只見紅衣犯人們狂喜吶喊著：「立下戰功，光榮返鄉！立下戰功，光榮返鄉！」

那聲音像潮水，衝破了雨幕的阻隔，一觸即發的氣勢彷彿隨時要出征。

楚漢相爭，爭什麼？

秦朝末年，楚漢相爭，歷時四年。

楚指的是西楚霸王項羽，他的武力高強，騎著烏騅馬，帶著心愛的美人虞姬一起打天下。

漢指的是當時的漢王劉邦。劉邦的武力不如項羽，卻肯信任人才，靠著張良、蕭何、韓信等人的幫助，首先進入秦朝首都咸陽城，並且在垓下之戰打敗項羽。項羽在垓下被包圍，晚上聽見四面楚歌，意志突然崩潰，只帶著少數騎兵突圍至烏江，自刎而死。長達四年的楚漢相爭，最後由劉邦奪取天下，建立漢朝而結束。

我們現在玩的象棋，棋盤上寫的「楚河漢界」，指的就是這段歷史。

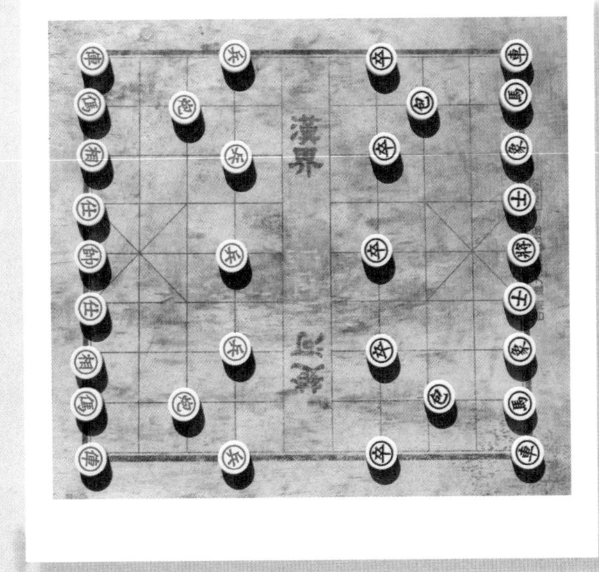

捌 古代的戰爭

愛佳芬和謝平安加快腳步衝進大門。陶器工廠裡，只剩下沉默的陶俑在堅守崗位。宮丙正為將軍陶俑做最後的修飾。

「老爺爺。」愛佳芬拉著宮丙的手說：「你快逃吧，外頭就要打仗啦。」

「打仗？」

「聽說陳勝派周文進攻咸陽，章將軍要帶皇陵的犯人出去迎擊。」

謝平安也說：「皇陵現在很亂，這是逃跑的好機會。」

宮丙搖了搖頭：「唉！周文他們軍隊的菜刀、鋤頭，怎麼打得過秦兵的寶刀寶劍？」

愛佳芬說：「就是打不過，你才更該走。你要趁這個機會回家呀！再不走，兵馬俑完工後，你們都會被處死。」

「我是工匠，應該不會被處死吧？」宮丙茫然的說：「只是，回家……就算回到家，我也只能當工匠呀。」

愛佳芬勸他：「回家後，你就可以捏自己喜歡的東西了！」

「我好久沒想到這件事嘍。」宮丙像在回憶什麼似的：「一入皇陵三十年，滿頭白髮不由人，感覺還真像是場夢呢！」

宮丙的眼光落在遠方，大家陷入一片沉默；直到燭火發出輕輕的一聲「波」，他們才發現宮丙的臉上多了兩行淚，淚眼下，是張極為溫暖的笑臉。

「小女娃，謝謝你幫忙；你看，我的將軍俑做得多神氣。」

愛佳芬和謝平安相視一笑，看著眼前的將軍俑：將軍的鼻子不歪了，髮鬚俱張，雙眼凌厲，和章將軍現在的表情很像。

外面的天色變黑了，雨也變小了。

四面八方的聲響，突然停了下來。

不知道什麼時候，皇陵周圍出現許多起義軍。他們被雨淋得全身溼透，卻在雨中靜靜的佇立，注視著皇陵。鬍子大漢也沉默的站在最前面。

皇陵裡的紅衣人，一列一列排得整整齊齊。穿著戰袍的士兵騎在馬上，手裡拿著長矛；最前面的弓箭手，弓已經張滿，箭在弦上。

這麼多人的場合，卻寂靜得讓人不安。大戰一觸即發的氣息，讓謝平安覺得好想上廁所。他突然想到，不知道這個時代的人，怎麼上廁所？

就在他胡思亂想的時候，包圍在外面的起義軍中，有人石破天驚的喊了一句：

「反抗暴秦！」

「反抗暴秦！」

四周響起了起義軍的吶喊，聲震四方，連山谷也微微的震動了。

皇陵內的人不動如山。

起義軍像流水一樣，朝著皇陵逼近。

秦軍非常有耐心，他們不為所動，只有戰馬不安的嘶鳴著。

等待。

等待。

就在兩軍短兵相接的那一刻，天空裡

的烏雲突然散去，金色陽光穿透雲層，幾道金光如箭，落在兩兵相接處。

咚咚咚，戰鼓擂起，鮮明的大秦旗幟隨風飄揚，襯得冷冷的山巒彷彿活了起來。冰冷的刀劍，高亢的馬鳴，紅衣人的弓射出滿天的箭。

「殺！」紅衣人喊著。

紅色的浪潮在士兵帶領下，如炸彈開花般擴散出去。

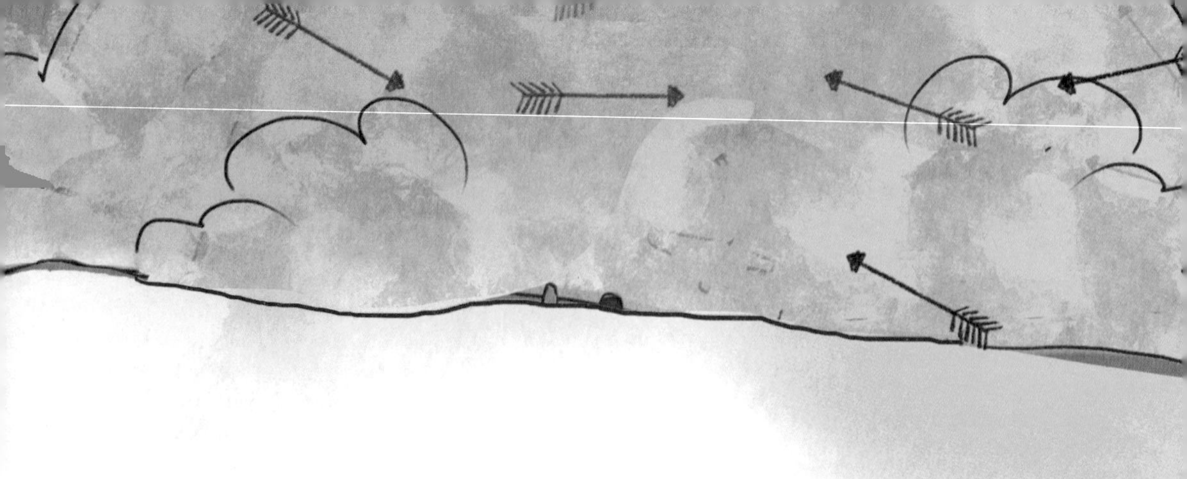

「殺呀！殺呀！」

皇陵外頭的殺聲讓人膽顫心驚。

「宮丙爺爺，快走呀！」愛佳芬催著他。

宮丙回頭又望了一眼桌上的將軍俑：「我捏得真好，對不對？」

「對對對，你如果那麼愛它，把它帶回家吧！」愛佳芬說。

「帶回家？不，我回家後，一定可以做個更好的人像。」宮丙說：「你們呢？你們要回家嗎？」

這種紛亂的時刻，愛佳芬也沒時間跟他解釋，他們根本不知道怎麼回家。

「你們要回家嗎？」宮丙又問了一次。

「要，但是，我們不知道怎麼回去。」謝平安小聲的說。

宮丙握著他的手說：「別怕，從哪兒來，就回哪兒去。」

聽到宮丙的話，愛佳芬突然眼睛一亮。

「對呀，我們是從放著陶俑頭像的那個房間來的，說不定就從那裡回去。」愛佳芬叫著。

「對對對，一定是這樣。」謝平安一邊點頭，一邊對著宮丙說：「老爺爺，你快走吧，我們也要走了。」

秦

秦

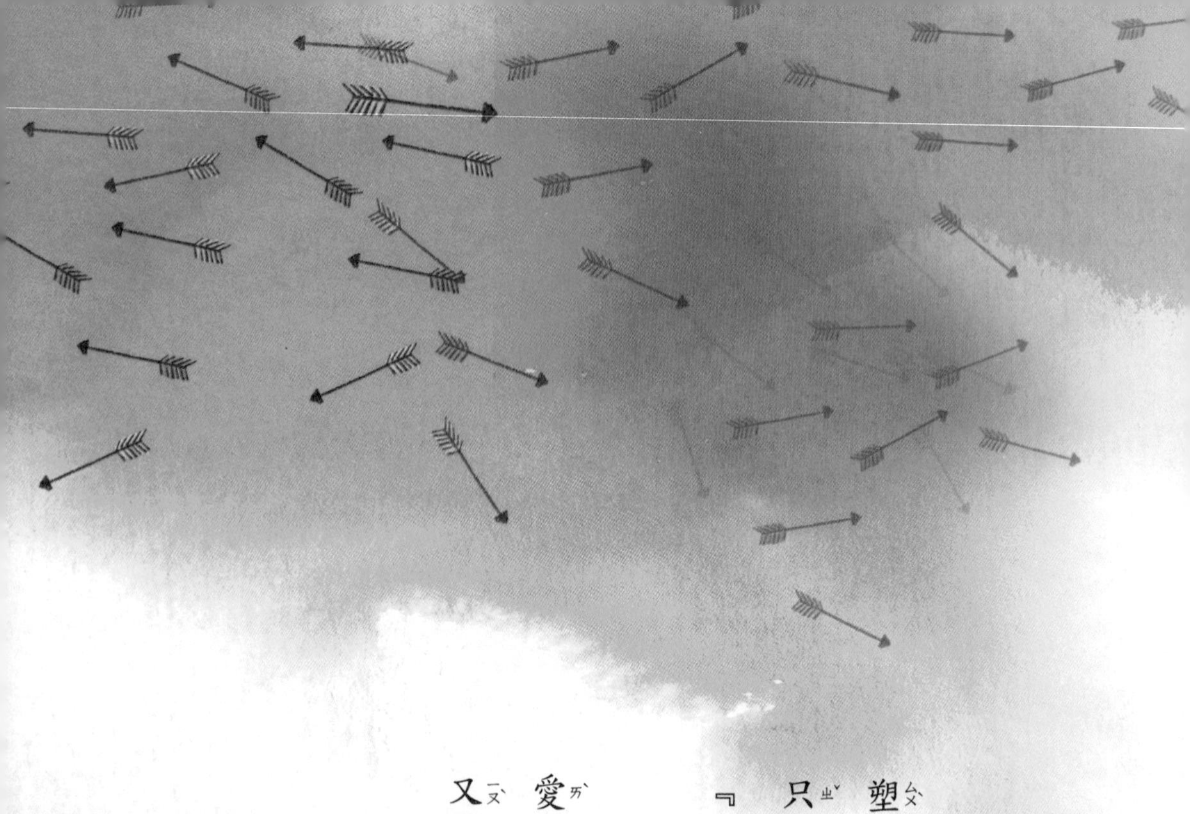

宮丙拍拍他的肩：「小兄弟，你捏塑人像很有天分，要不是這場戰亂，你只要多跟我學一陣子，一定也可以刻個『酷斃啦』的將軍俑。」

聽到宮丙說「酷斃啦」，謝平安和愛佳芬都笑了；可是一想到分手在即，又難過了起來。

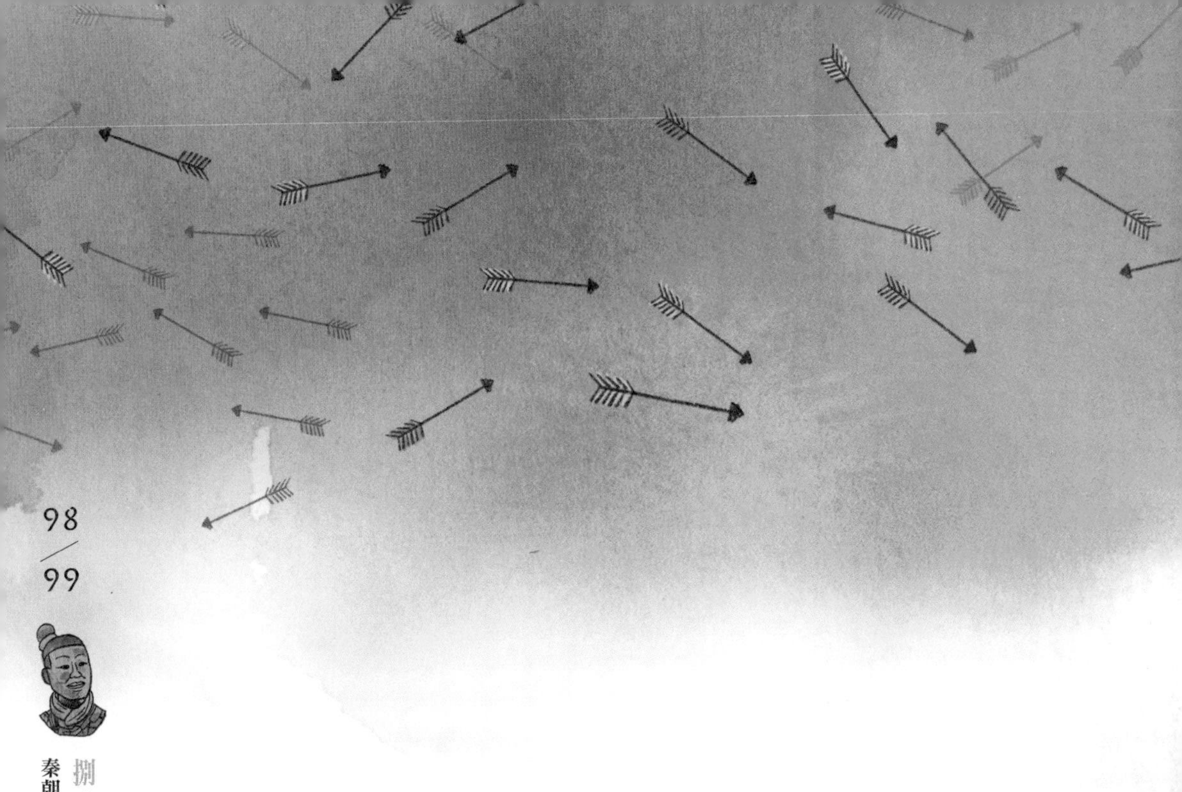

玖 竹尺

金色的陽光，一下子又被烏雲遮住了。

窗外是灰撲撲的天空，工廠內的光線更黯淡了。宮丙的身影，消失在長長的廊道盡頭。

「如果我們回不去可能小學，怎麼辦？」謝平安說。

愛佳芬用肩膀輕碰他一下，說：「膽小鬼，如果我們真的留在秦

朝，我一定罩你，夠意思吧。」

她正要往前走，突然像是想到了什麼，停下腳步；謝平安差點兒撞到她。

「怎麼啦？」謝平安沒好氣的問。

「宮丙爺爺說，人像還是真實一點比較好。既然章將軍是個歪鼻子，那……」她看著威武的將軍俑頭像，想了一下，伸出手往還沒乾的將軍俑鼻子上重重一扭，「他還是繼續當個歪鼻子將軍吧！」

「你……你不是剛把他的鼻子……」

「唉呀！你幹麼這麼婆婆媽媽，走啦。」

愛佳芬拍拍手，頭一揚，拉著謝平安飛奔起來。

「秦墨！秦墨！你在不在？」

兩人邊跑邊叫，廊道裡都是回音。

「秦墨在不在？」

秦墨的房間依然幽幽暗暗，他正躺在竹片堆裡呼呼大睡。不論謝平安怎麼搖他都搖不醒。

「秦墨爺爺，打仗了，快逃吧！」

秦墨翻了個身，嘴裡含含糊糊的嘟囔著：「我隨始皇征四方，立下戰功，滅六國，治萬世，秦始皇，萬萬歲。」

「秦始皇都死了，還能萬萬歲？」愛佳芬嘆了口氣：「被秦始皇俘虜來的人，名字不知道抄滿幾間房，說不定他們再也回不了家；幸好他死了，不然……」

她看看秦墨，秦墨的聲音愈來愈低了。

謝平安從竹片堆裡，拿起寫著他們名字的竹片。

「我要當個紀念。」他望望秦墨。

秦墨睡得好沉。

他們穿過圓形的門，回到剛來時的房間。

外頭刀劍相碰、血肉拼搏的聲音愈來愈近了。

「我們該怎麼回去？」謝平安低聲的問。

愛佳芬看看四周：「如果有哆啦A夢的任意門就好了。說不定有人在外面控制，我們只要一喊，他聽見了，就把我們送回去了！」

「你是說監視器嗎？」

愛佳芬點點頭，對著天花板高聲喊：「我們要回去！」

謝平安覺得有趣，也跟著大叫：「我們要回去！」

窯口火光明明滅滅，陶俑頭像的影子像在跳舞。四周除了傳來戰馬的嘶鳴聲，沒有任何改變——他們還是站在原地。

「說不定我們要先喊一喊，或是跳一跳，這樣才能回去。」謝平安異想天開的說。

他們又跳又叫，又叫又跳，直到筋疲力盡。

火光亂舞，還是什麼變化也沒有。

愛佳芬的眼珠子骨碌碌的轉著：「我知道了，我們要唸『芝麻開門』啦！唸完才能打開時空之門——《天方夜譚》故事裡有寫。」

「好，芝麻開門。」

「芝麻開門。」他們拉開嗓子大喊。

什麼動靜也沒有。

不，有動靜了。

燭光映出幾個起義軍的影子，他們已經到了隔壁的房間。

「怎麼辦啦！」膽子一向特別大的愛佳芬，這下也緊張了：「都什麼時候了，你還拿這個竹片做什麼，快去找個武器來。」

謝平安正想把竹片放進麻布袋時，突然「咦」了一聲說：「這竹片……這竹片像不像模型上的竹尺？」

他的聲音太大了，引起隔壁起義軍的注意：「那裡有人！」

愛佳芬大叫：「沒錯，沒錯，是竹尺。」

這個時候，拿著竹尺能做什麼呢？什麼也不能呀！

起義軍已經衝到門口，離他們不到三步。

他們握著竹尺，抬頭一看，一把長刀正高高舉起。

謝平安想也沒想，就拿起手裡的竹尺來擋。

長刀泛起一道薄光。

他們嚇得閉眼大叫：「救命呀！」

風聲嘶嘶的響起。

莫名的風，從四面八方吹來。

火光搖動。

耀眼的光芒，在四面八方搖晃。

等了很久，長刀呢？

拾

玄章老師

愛佳芬和謝平安睜開眼睛時，四周靜悄悄。

長刀並沒有砍下來，倒是模型近在眼前，跪射俑和立射俑仍然矗立在教室正中間。

玄章老師站在他們面前盯著他們看，而謝平安的手裡，正握著那把竹尺。

竹尺上，秦墨的字跡正快速的消褪。

「老師……」謝平安一臉驚訝。

「什麼事？」

「這把尺，這把尺上的字……」

謝平安還沒說完，那些字已經消失不見了。

他揉揉眼睛，定睛一看：「秦……秦墨的字，真的不見了。」

「你們剛才上課沒有聽說明，對不對？」玄章老師以為他在搗蛋，自顧自的翻開導覽手冊。

「上課？上什麼課？」

「兵馬俑的歷史呀，你們忘了嗎？學校特別借來兵馬俑，就是要讓你們加深印象呀。」

玄章老師的眼鏡鏡片被夕陽照得閃閃發亮；鏡片後頭，藏著一個似笑非笑的臉。

「老師，」愛佳芬有一肚子的話要說：「我們剛剛進入模型裡頭，真的，我和謝平安都跑到秦朝了。你知道嗎，秦始皇死了。」愛佳芬說得又快又急，玄章老師不得不打斷她的話。

「秦始皇當然死了，他死了很久很久了。」

「不是啦，老師，我們去的時候，他才死了一年多。」

玄章老師摸摸她的頭：「愛佳芬，你在做夢嗎？」

「老師，不是做夢啦，我也在場，我們還看到兵馬俑呢！」謝平安用手比劃著。

「兵馬俑？」

兩人同時點著頭：「還有周文進攻咸陽。」

「周文進攻咸陽？」

玄章老師搖搖頭，臉上掛著耐人尋味的表情。

「是真的，愛佳芬還把那個將軍的鼻子扭歪了，不信，你可以去查查看。」

「歪鼻子的將軍？」玄章老師正色的看著他們，「兵馬俑被挖出來後，第四號坑裡有馬車、有侍衛，就是少了一個將軍俑。哈哈哈，說不定那個將軍嫌自己的陶俑鼻子太醜，所以不好意思拿去擺呢！唉呀，你們別再鬧了。」

玄章老師邊走邊搖頭：「秦朝？」

他笑著轉身走進夕陽下的校園。愛佳芬和謝平安隱約聽到走遠的

玄章老師仍在唸著：

「西元前二四六年，十三歲的秦王嬴政登上國君寶座；西元前二二一年，滅掉其他六國，建立秦朝，奠定了兩千多年來中國的基本疆域，並成為中國歷史上第一個皇帝。隨後，他命令『車同軌，書同文』，還統一國家貨幣和度量衡。但是西元前二一〇年，秦始皇在東巡途中病倒，不久就與世長辭。秦始皇生前將陵址選在驪山，因為工程十分浩大，動用了七十多萬名囚犯……」

聽到這裡，愛佳芬和謝平安互看一眼，苦笑了一下。

他們真的去過秦朝了嗎？

空曠的模型展示教室，沒有人能回答他們的疑問。

兩個人回頭看看模型裡的陶器工廠，又很有默契的轉身跟著玄章老師，踩進那片金光燦爛的黃昏裡。

而模型——陶器工廠模型裡的火光，似乎閃動了一下，小小的、微弱的……

絕對可能會客室

小朋友，你覺得七十萬個人幫皇帝蓋墳墓合不合理？文房四寶，究竟是哪四寶？秦朝的美男子長得怎樣？秦始皇到底壞不壞？

現在，請你把眼睛看過來，耳朵靠過來，讓我們用掌聲歡迎秦朝的萬事通「小政政」出場，請他為大家說清楚，講明白。

大家一起做的事

：小政政，你是秦朝通，我想問你，七十萬人幫秦始皇一個人蓋墳墓，是真的嗎？

：古時候，皇帝的事就是天下人的事。修建皇帝的墳墓，當然是一件很重要的國家大事。你說的七十萬人，大多是被判了「徒刑」的罪犯。「徒刑」不是把犯人關在牢裡，讓他們整天閒閒沒事做；他們是國家的免費工人，非常好用，像是修馬路、蓋宮殿、建萬里長城等等，都會派他們去。這些人工作辛勞，但回家的時間遙遙無期，他們的遭遇很悲慘呢。

：哇，皇帝的權力好大喔！

：可是，想當皇帝，也要符合社會的期待，像是女性要長得端正，男性的個性要穩重，也不能為所欲為，否則百姓是會起來反抗的。

秦朝服飾流行風

：謝平安，你已經回到現代了，秦朝的衣服可以脫掉了吧？

：不，我想如果穿這件古裝去上學，一定酷斃了！

：這種衣服叫做短衣，是古代的罪犯和奴隸穿的。

：那一般人穿什麼衣服呀？

：古時候，上從王公貴族，下到販夫走卒，正式的服裝都是長袍。長袍的剪裁寬大，適合行禮；短衣的剪裁合身，是一般人的工作服。只有奴隸和罪犯才要一直穿著短衣。謝平安，如果你想當奴隸，就繼續穿吧。

平民翻身不容易

：宮丙是犯人嗎？

：宮丙是個工匠，他有一技之長，可以混口飯吃，卻不能當官。古代很重視階級，宮丙既然是工匠，他的孩子、孫子就很難翻身。秦朝重視戰功，想跳級的人只能去從軍。像秦墨，他本來是個士兵，因為立了戰功，就能當官了。

文房到底有幾寶？

：我書包裡的小石頭，到底是做什麼用的？

：先考考你們，知不知道文房四寶是哪四寶？

：很簡單，是筆、墨、紙、硯，對不對？

：沒錯。可是秦朝時，寫字大多寫在竹片、木頭上，寫錯字的時候又該怎麼辦呢？總不能用橡皮擦擦墨汁吧？聰明的古人會準備一把書刀（用於書寫的刀），專門用來削掉寫錯的文字。書刀就是古人的橡皮擦。刀刻久了會鈍，準備一塊磨刀石，方便隨時磨刀。你書包裡的小石頭，就是磨刀石。

大鬍子是古代酷Man

：秦朝是不是沒有刮鬍刀？好多士兵都是滿臉大鬍子，也不刮一刮，醜死了。

：你的觀察力很好。你再想想，犯人有沒有留鬍子？

：我想起來了，那些犯人沒鬍子，為什麼？

：在古代，刮鬍子、剃頭髮都是政府規定的刑罰。古人認為一個人要有人的樣子，不能沒有鬍鬚、頭髮。少了鬚、髮，跟沒穿衣服差不多，根本不能在社會生存。

：那一般人呢？

：一般人都留長髮，平時將頭髮盤起來，弄成髮髻，或戴帽子、用頭巾固定，免得披頭散髮。當時稱讚男生長得帥，會用「美鬚髯」、「美鬚眉」來形容，意思就是他的鬍子、眉毛長得好看。

黑漆漆的秦朝？

：秦朝人喜歡什麼顏色？黑色嗎？

：秦始皇自己喜歡黑色，還把黑色當成尊貴的顏色，但一般人就不能用這種顏色。中國後來的朝代，大多數的皇帝都喜歡黃色，百姓就不能用黃色了。誰家敢建黃色的房子，誰敢穿黃色的衣服，都是犯罪的行為，要被抓去砍頭呢！

秦始皇是個大壞蛋嗎？

：根據你的觀察，秦始皇到底是不是個大壞蛋？

：對呀，還有人說他焚書坑儒，壞得不得了。

：秦朝結束了紛亂數百年的戰國時代，把北方的匈奴趕走，讓天下安定、和平，老百姓可以好好過日子，你們說這樣好不好？秦始皇想去求仙藥，怕別人造反，燒掉很多書，也殺了

許多讀書人，但是他也做了很多有利民生的事。評斷一個人，實在很難用幾句話來下結論。你們如果對秦朝有興趣，倒是可以多讀幾本有關他的書，說不定會更了解他；那時，再來下判斷吧！

：很謝謝小政政到絕對可能會客室來。

：希望下回有機會再邀請你來，讓大家了解更多秦朝的故事。

絕對可能任務

第1題

宮內的工作室是製作兵馬俑的重要地方，但裡頭有些不應該出現的東西，你能找出來嗎？

解答：渾天儀、襪子、手錶、手機、膠帶、耳機、

第2題

兵馬俑是秦朝最具代表性的藝術創作，請看看這兩張圖，找出五個不同的地方。

第3題

兵馬俑原本有各種色彩——紅、綠、紫、黃，只是暴露在空氣中，最後褪成了現在的灰黑色。這裡有張兵馬俑的著色圖，你可以重新幫它著上獨一無二的顏色嗎？

作者的話

有這麼一種課程

那時，我還是小孩子。

坐在教室，聽著社會課老師上課。

社會不像國語，國語課能玩成語接龍，寫寫童話。

社會不比自然，自然課常到校園抓青蛙，看小花。

社會也不比美術課，美術課可以捏泥巴，發揮想像力，在紙上塗塗畫畫。

我暗暗發誓，有朝一日當老師，絕對要把社會課教得生動又有趣，讓小朋友都愛上它。

時間飛逝，歲月如梭，眨眼間，我已經長大，真的變成老師，也教起社會。

社會領域很寬廣，它包含歷史、地理和公民。歷史在遙遠的時間那頭；地理在寬闊的空間那邊；公民教的某些東西，鄉下沒有。

有的課，我可以放錄影帶；有的課，我可以拿掛圖；有的課，我們可以玩角色扮演。但是更多的課，我還是一樣要比手劃腳、口沫橫飛。

雖然我極力想改變，但是，一切好像都很難轉變。

這讓我想到，如果能把知識變成生活，小朋友親身經歷一遍，根本不必我來講，小朋友一定能記得牢，對不對？

這又讓我想到，為什麼不辦一所這樣的學校？

「可能小學」，它立刻在我腦裡閃呀閃呀，金碧輝煌的朝我招手。

在可能小學裡，什麼事都是有可能的。

「歷史」是我最先想到，現實無法重演的課。

像是秦朝，兵強馬盛但是律法嚴苛。犯人抓太多，抄寫名錄的隸官將文字偷減筆畫，簡化後的字，不管是隸書、楷書、行書，都是從那時之後才大勢底定，

源遠流長直到千年後。

所以，你想不想到秦朝去看看，感受秦代的氣氛，體會古人的生活？絕對比坐在課堂裡還要精采一百倍。

唐朝是中國古代盛世，但是，到底有多興盛呢？

單單以長安城來說，就住了上百萬的人口。這上百萬人要喝水，得有多大的水庫呀？要吃飯，得運來多少的稻米呀？

就算是糞坑，都得準備幾十萬個，夠偉大了吧！

那時，世界上有很多人都想到中國，中國的留學生玄奘卻反其道而行，經過陸上的絲路，千里迢迢去印度取經，從此，梵音繚繞，直到今天。

到唐朝享受那種國際化的感覺吧！

明朝的鄭和下西洋，比哥倫布早了幾百年。哥倫布發現新大陸，歐洲人從此在美洲大陸占地為王，滅了印加文明；鄭和航行到非洲，帶著媽祖與各國建立友好關係，幾個國王甚至隨他回南京，願意葬在中國，這又是怎麼回事？

海上的絲路，陸上的絲路，交相輝映，那是我們不可不知的歷史。

還有一條運河，也很精采。大家一定聽過楊貴妃吃荔枝，必須用快馬傳送，才能在賞鮮期限前送到長安城。

可是古代的稻米如果要這麼送來轉去，絕對會累死幾萬頭可憐的馬匹、牛隻。養馬很貴，牛車很慢，古人動腦想到運河，經過上千年的挖掘，終於挖成一條全世界最長的京杭大運河。

有了這條河，南方、北方暢行無阻；有了這條運河，康熙、乾隆皇帝才能常到江南去品美食，賞美景。

到清朝搭船遊一段運河吧！感受江南的風光，看看乾隆皇帝為什麼亂蓋印章，哈，絕對有趣！

這是沒有教室的課程，這是感受真實生活的課程，推薦給你，希望你能學習愉快，收穫豐足。

還等什麼呢？把書打開，跟著謝平安、愛佳芬回到古國去吧！

推薦文一

從歷史學習智慧

◎中央大學認知神經科學研究所創所所長　洪蘭

歷史是每一個民族的根本，它是一個歷程，記錄這個民族從甲到乙時間和空間上所發生的事。每一個民族都很注重它的歷史，如果沒有史，編也得編一個出來，以向後人交代祖先是怎麼來的。像臺灣這樣不注重史，還要去之而後快，真是千古少有。沒有根的樹是活不長的，看到現在政府用公權力大力的讓子民遺忘祖先的故事，真是深以為憂。

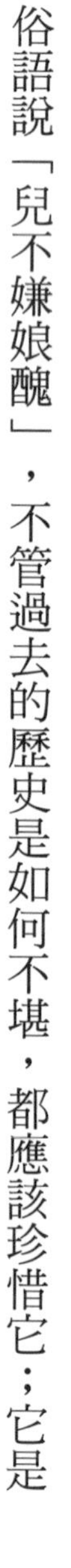
俗語說「兒不嫌娘醜」，不管過去的歷史是如何不堪，都應該珍惜它；它是

「己身所從出」，是祖先走過的痕跡，飲水要思源，不可忘本。孔子說：「見賢思齊，見不賢而內自省。」歷史不可隱藏也不可抹煞。「在晉董狐筆」就是史官最好的典範，更何況我們有著全世界獨一無二的輝煌燦爛歷史，我們怎麼可能不叫孩子去讀自己的歷史，不讓他知道自己的祖先曾經創造出連現代高科技都做不出來、像馬王堆出土的蠶薄紗的文明？

不讀史，無以言

孩子的成長過程需要一個榜樣，好讓他立志效法，「養天地正氣，法古今完人」曾是我們教育孩子的準則。歷史上有這麼多可歌可泣的榜樣，我們希望孩子長大成為正直有志節的人，現在卻為了意識型態，畫地為限，在渡黑水溝以前的歷史，統統不教了，把祖先留給我們最珍貴的文化遺產，一盆水全潑了出去，我深覺可惜。

很多人覺得現在的年輕人膚淺，一問三不知，只會追星、

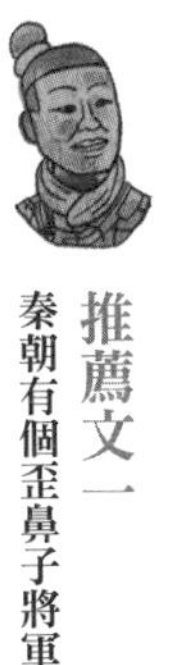

穿名牌。細想起來，這是我們的錯，怎能怪他們？孔子說：「不讀詩，無以言。」我更認為「不讀史，無以言」，是我們沒有好好教育他們，沒有給他們深度。所以現在看到也有人感覺到孩子不讀史的危險，願意寫歷史，出版歷史給孩子看，做為一個知識分子，我怎能袖手旁觀，不盡一份棉薄之力呢？

唐太宗曾說：「以銅為鏡，可以正衣冠；以古為鏡，可以知興替；以人為鏡，可以明得失。」千百年來，物換星移，滄海桑田，只有人性未變，讀史正是可以知興替，可以使自己不重蹈前人的覆轍。歷史教我們的其實就是智慧。我常覺得一個學校中，最重要的是歷史老師，一個會說故事的歷史老師可以兼教公民課程，他可以用說故事的方式將倫理、道德、價值觀帶給學生。只要把學生讀史的興趣帶起來，讓孩子自己去讀史，讀多了，國文程度會好，因為了解典故就會用成語和比喻，就可以增加文章的文采；語文能力好了，學別的科目也容易了。

這套書用孩子最感興趣的時光機器把孩子帶回古代，讓他們身歷其境去體驗古人當時的生活。例如在秦朝只有

犯人才會剃頭、剃鬍，難怪我們看到的兵馬俑都是留著大鬍子。

因了解而得到的知識是長久的，但願孩子們都能從歷史中去認同我們的祖先，了解他們一代一代的哲學思維與藝文創意，以他們所成就的人類文明為榮。

推薦文二

一趟文化之旅

◎前臺東大學兒童文學研究所所長　張子樟

王文華這四本【可能小學的歷史任務Ⅰ】系列（《秦朝有個歪鼻子將軍》、《騎著駱駝逛大唐》、《跟著媽祖遊明朝》和《搖啊搖，搖到清朝橋》）是所謂的「歷史故事」的一種：藉虛構的男女主角回到從前的某個時空，此時空的人物確實存在於歷史記載中，當時的人事物的敘述必須精確，出現的確實是存在的昔日人物，但只是配角，文物的描繪也必須恰如其分，不可任意杜撰。可以虛構的部分只有情節，例如今人與古人在過去時空中巧遇，形成另一套故事。

作者選取了中國歷史上的四個重要朝代：秦、唐、明、清。這四個朝代武功鼎盛、與外族接觸也相當頻繁，因此文化交流不斷，催生新的文化。當然，與外族接觸不見得完全是主動，有時是大環境所逼，不得不去面對，尤其在每個盛世步向衰微之時，這點清末時期最為明顯。幸好作者選取的是清初國力強盛的乾隆年代，這種顧慮也就自動消除了。

閱讀的三個基本功能

專家學者認為給兒童閱讀的書籍有三個基本功能：提供樂趣、增進了解，與獲得資訊。他們強調，童書的書寫內容必須以樂趣為主，先吸引孩子主動打開書本，然後再從樂趣的描述中帶入「了解」與「資訊」的相關訊息。

細讀這套書，我發覺這三種功能可以並列，沒有先後之分，可以同時達成。四本書的趣味性都很高，但在閱讀當中，作者隨時加入類似「視窗」的「超時空便利貼」（好炫的名字！），增加讀者對故事背景安排的了解，當然同時也

提供了不少相關資訊。最後更透過「絕對可能會客室」的問題與討論，試圖澄清、說明或解釋該朝歷史最容易被現代人誤會或誤傳的部分，使小讀者看完故事後，同時達成閱讀的三個重大功能。作者用心良苦，值得稱讚。這些隨時補充的有趣歷史小知識，能讓孩子充分理解透過「看故事」而「學歷史」的過程與意涵。

老少三主角

這套書的重要角色有三：謝平安、愛佳芬與玄章老師。謝平安與愛佳芬就像一般的小四男女生一樣：求知欲強，對周遭的一切變動的或不變動的人事物都十分好奇，愛現以力求表現，喜歡動手動腳，觸碰「不應該」觸碰的東西，例如竹尺、象鈴、平安符、茶匙這些連接現在與過去之間的「鑰匙」，然後到相關的朝代冒險走一趟。雖然險象環生，但絕對不致於險遭不測，不然的話，謝平安、愛佳芬哪有機會繼續

闖蕩中土、穿梭各個朝代？王文華老師的故事也就沒辦法再說下去了。

或許有人會問，故事中竹尺、象鈴、平安符、茶匙這些所謂的「鑰匙」，與西方奇幻故事中的「過門」（threshold）是否一樣？依據學者的說法，「過門」是介於「第一世界」與「第二世界」之間的一道關卡或通道。「第一世界」指上帝創造的我們生活的現實世界，而「第二世界」則是作家虛擬的空間，所以我們翻開《魔戒》或《龍騎士》時，會發現一張作者繪製的地圖、一個我們現存世界找不到的地方。如果故事熔現實與奇幻於一爐時，「過門」就得出現了，例如衣櫥（《納尼亞傳奇》）、月臺（《哈利波特》）、書（《說不完的故事》）等。然而「可能小學」這套書的「鑰匙」雖有「過門」功能，但謝平安、愛佳芬闖入的空間確實存在過，他們是藉這些「鑰匙」回到過去，與古時名人過了一段有趣冒險的生活，「鑰匙」的功能比較接近《湯姆的午夜花園》中，那道湯姆在午夜鐘敲十三響時推開通往花園的門。

看完了上面這段「超時空便利貼」後，我們不能忘了書中另一個關鍵人物——玄章老師。表面上，他是一位上起課來可以讓學生昏昏欲睡的古板老師，

可是他一帶動「戶外教學」時，精神就來了，有若另一個老師。謝平安和愛佳芬常在另一時空裡找到這位老師的「影武者」（如秦朝的秦墨、明朝的大鬍子叔叔等）。讀者思考一番後，不難發現他似乎扮演了「智慧老人」的角色。當然，如果認定玄章老師是作者的化身，也未嘗沒道理。

文化之旅的滋味

就字數而言，這套書的層級比一般橋梁書稍高，但內容適合國小中、高年級與國中一、二年級閱讀。這套幽默、有趣的好書，讓我們隨著謝平安和愛佳芬到中國四大朝代盛世遊歷一番，見識固有文化高貴優雅的一面。

我們徜徉於兵馬俑、唐詩、佛經、對聯、船隊這些文化積澱的同時，也領略到作者非凡的改寫能力（如《西遊記》的互文奇思）。我們一邊快樂閱讀、一邊用力思索，腦海中不時浮現一幅幅由文字轉化而成的動畫：沙漠上的駱駝鈴聲、繁華京城的鼎沸人聲、運河上行駛的船隻、大海上揚威異域的船隊……似乎在我們眼前一一閃過。藉由書中的竹尺、象鈴、平安符、茶匙，我們隨著兩位可愛頑皮的小四生，分享了他們驚險有趣的旅程，滿載而歸。原來，文字推介的文化之旅是如此令人興奮難忘！

★ 最嚴謹的審訂團隊：延請中興大學歷史系教授周樑楷、輔仁大學歷史系助理教授汪采燁審訂推薦，為孩子的知識學習把關，呈現專業的多元觀點。

★ 最具主題情境的版面設計：以情境式插圖為故事開場及點綴內文版面，讓孩子身入其境展開一場精采的紙上冒險。

★ 最豐富有趣的延伸單元：

- 「超時空翻譯機」：以「視窗」概念補充故事中的歷史知識，增強孩子的歷史實力
- 「絕對可能會客室」：邀請各文明的重要人物與主角對談，透露不為人知的歷史八卦頭條
- 「絕對可能任務」：由專業教師撰寫學習單，提供多元思考面向，提升孩子的邏輯思考能力

《決戰希臘奧運會》

鍋蓋老師把羅馬浴場搬進校園當成學生的水上樂園，卻發現水停了。劉星雨和花至蘭被指派到控制室檢查水管管線，一陣電流竄過身體，他們發現自己來到古羅馬浴場！他們被迫參加古羅馬競技賽，這下該如何安然躲過猛獸的攻擊呢？

《亞述空中花園奇遇記》

鍋蓋老師執導的古文明舞台劇「兩河流域：肥沃月灣」在水塔劇場公演。劉星雨上台表演前在布幕後睡著了。醒來時，發現置身於一個奇妙的空中花園，還遇到亞述國王正在獵第三百頭雄獅。戰火不斷的亞述帝國還有更多奇遇……

《勇闖羅馬競技場》

為了奪得運動會冠軍，劉星雨與花至蘭出發尋找尋寶單上的五個希臘大鬍子男人；才剛通過夜行館的門，兩人卻發現廣場上有正在被老婆罵的蘇格拉底！雖然順利完成任務，卻也被當作斯巴達的奸細，遭到雅典人的追捕……

《埃及金字塔遠征記》

花至蘭和劉星雨拿著闖關卡，準備參加埃及文化週總驗收。才剛踏出禮堂，兩人立刻被埃及士兵綁架，準備獻給尼羅河神。劉星雨還被埃及祭司認定是失蹤多年的埃及小王子！他該如何證明自己的身分，回到可能小學呢？

全系列共 4 冊，各冊 280 元。

可能小學的西洋文明任務

結合超時空任務冒險 ╳ 歷史社會學科知識，放眼國際，爲你揭開西洋古文明的神祕面紗！

「什麼都有可能」的可能小學開課囉！
社會科鍋蓋老師點子多，愛辦活動，
這次他訂的主題是「西洋古文明」——
學校禮堂是古埃及傳送門，尼羅河水正在氾濫中；
在水塔劇場演舞台劇，布幕一換，來到了烽火連天的亞述帝國！
動物園的運動會正在進行，跑著跑著，古希臘奧運會就在眼前要開始了；
老師把羅馬浴場搬進學校，沒想到，眞實的古羅馬競技卻悄悄上演……

系列特色

★ 最有「哏」的校園冒險故事：結合快閃冒險 X 時空穿越 X 闖關尋寶，穿越時空回到西方古文明，跟著神祕人物完成闖關任務！

★ 最給力的世界史入門讀物：補充國小階段世界史知識的不足，幫助學生掌握西洋古文明的發展脈絡及重點，累積國中歷史科學習的先備知識。

任務

歷史百萬小學堂，等你來挑戰！

系列特色

1.暢銷童書作家、得獎常勝軍、資深國小教師王文華的知識性冒險故事力作。
2.融合超時空冒險故事的刺激、校園生活故事的幽默，與台灣歷史知識，讓小讀者重回歷史現場，體驗台灣土地上的動人故事。
3.「**超時空報馬仔**」單元：從故事情節延伸，深入淺出補充歷史知識，增強孩子的台灣史功力。
4.「**絕對可能任務**」單元：每本書後附有趣味的闖關遊戲，激發孩子的好奇心和思考力。
5.國立成功大學台灣文學系教授、前國立台灣歷史博物館館長吳密察專業審訂推薦。
6.國小中高年級～國中適讀。

學者專家推薦

我建議家長們以這套書為起點，引領孩子想一想：哪些是可能的，哪些不可能？還有沒有別的可能？小說和歷史的距離，也許正是帶領孩子進一步探索、發現台灣史的開始。

—— 國立成功大學台灣文學系教授 **吳密察**

「超時空報馬仔」單元，把有關的史料一併呈現，供對照閱讀，期許小讀者認識自己生長的土地，慢慢養成多元的觀點，學著解釋過去與自己的關係，找著自己安身立命的根基。

—— 國立中央大學學習與教學研究所教授 **柯華葳**

孩子學習台灣史，對土地的尊敬與謙虛將更為踏實；如果希望孩子「自動自發」認識台灣史，那就給他一套好看、充實又深刻的台灣史故事吧！

—— 台北市立士東國小校長・童書作家 **林玫伶**

可能小學的愛台灣

融合知識、冒險、破解謎案，台灣

什麼事都可能發生的「可能小學」裡，有個怪怪博物館，
扭開門就到了荷蘭時代，被誤認為紅毛仔公主，多威風；
玩3D生存遊戲，沒想到鄭成功的砲彈真的打過來；
連搭捷運上學，捷運也變成蒸汽火車猛吐黑煙；
明明在看3D投影，怎麼伸手就摸到了布袋戲台！

★新聞局中小學生優良讀物推介

◎系列規格：全彩附注音／ 17 x 22cm ／ 152 頁／單冊定價 260 元

真假荷蘭公主

在可能博物館裡上課的郝優雅和曾聰明想要偷偷蹺課，一打開門卻走進荷蘭時代的西拉雅村子裡，郝優雅因為剛染了一頭紅髮，被誤以為是荷蘭公主，就在她沉浸在公主美夢中時，真正的公主出現了……

鄭荷大戰

課堂上正在玩鄭荷大戰的3D生存遊戲，獨自從荷蘭時代回來的曾聰明，在畫面中竟看見很像郝優雅的紅髮女孩，恍惚中砲彈似乎落在腳邊……這次曾聰明遇見了鄭成功，他問了鄭成功一個他一直很好奇的問題……

快跑，騰雲妖馬來了

上學的路上，郝優雅心情很鬱卒，因為曾聰明居然消失在鄭成功的時代。而且今天的捷運還怪怪的，明明該開到可能小學，下車後卻出現穿古裝的官員，轉頭一看，捷運竟然變成冒著黑煙的蒸汽火車！

大人山下跌倒

可能博物館今天上課主題是布袋戲，郝優雅和曾聰明好奇的摸著3D投影的老戲台，一轉眼，他們居然跑到了日治時期的廟會現場，舞台上戲演得正熱，突然日本警察山下跌倒氣沖沖的跑出來，發生什麼事了？

全系列共 4 冊，原價 1,040 元，套書特價 799 元

可能小學的歷史任務 I：

秦朝有個歪鼻子將軍

作　　者｜王文華
繪　　者｜林廉恩

責任編輯｜李幼婷、楊琇珊
特約編輯｜許嘉諾
美術設計｜也是文創有限公司
行銷企劃｜葉怡伶

天下雜誌群創辦人｜殷允芃
董事長兼執行長｜何琦瑜
媒體暨產品事業群
總經理｜游玉雪
副總經理｜林彥傑
總編輯｜林欣靜
主編｜李幼婷
版權主任｜何晨瑋、黃微真

出版者｜親子天下股份有限公司
地址｜台北市 104 建國北路一段 96 號 4 樓
電話｜（02）2509-2800　傳真｜（02）2509-2462
網址｜ www.parenting.com.tw
讀者服務專線｜（02）2662-0332　週一～週五：09:00~17:30
讀者服務傳真｜（02）2662-6048
客服信箱｜ parenting@cw.com.tw
法律顧問｜台英國際商務法律事務所・羅明通律師
製版印刷｜中原造像股份有限公司
總經銷｜大和圖書有限公司　電話：（02）8990-2588

出版日期｜ 2008 年 1 月第一版第一次印行
｜ 2023 年 6 月第二版第十一次印行
定　　價｜ 280 元
書　　號｜ BKKCE021P
ISBN ｜ 978-957-9095-30-3 (平裝)

訂購服務
親子天下 Shopping ｜ shopping.parenting.com.tw
海外・大量訂購｜ parenting@cw.com.tw
書香花園｜台北市建國北路二段 6 巷 11 號電話（02）2506-1635
劃撥帳號｜ 50331356 親子天下股份有限公司

立即購買 >

國家圖書館出版品預行編目資料

秦朝有個歪鼻子將軍 / 王文華文；林廉恩圖 . -- 第二版 . -- 臺北市：親子天下 , 2018.02
144 面；17 X 22 公分 . -- (可能小學的歷史任務 . I；1)
ISBN 978-957-9095-30-3(平裝)

859.6　　106025544

圖片出處：
p. 25, 46, 59, 60, 61, 87 By Shutterstock.com
p. 35 By Unknown [Public domain], via Wikimedia Commons
p. 47 By 猫猫的日记本 (Own work) [CC BY-SA 3.0], via Wikimedia Commons
p. 69, 81 繪圖 / 蔣青